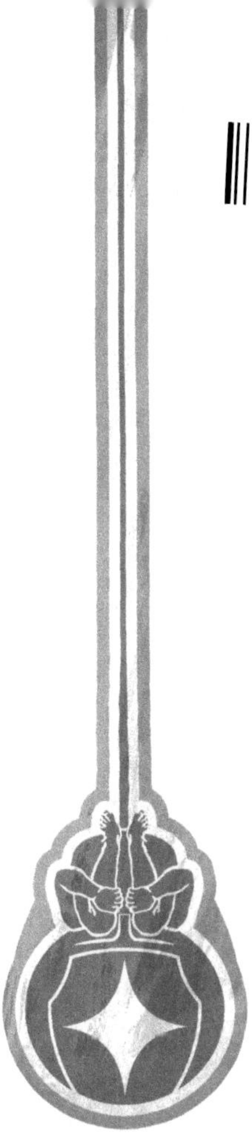

homunculus
verlag

Seitenstechen erscheint jährlich

Herausgeber
Joseph Felix Ernst
Philip Krömer

Redaktionelle Mitarbeit
Sebastian Frenzel
Laura Jacobi

SEITENSTECHEN
AUSGABE #1 | 2015

Kulturförderung der Stadt Erlangen

IMPRESSUM

www.homunculus-verlag.de

Druck und Bindung:
CPI books GmbH, Flensburg
bei Clausen & Bosse GmbH, Leck

Gedruckt in Deutschland auf FSC-zertifiziertem Papier

Schrift für Mengensatz: Bodoni Antiqua

Umschlagmotiv: Gustave Doré zu *The Rime of the Ancient Mariner* (1866)

ISSN (Zeitschrift) 2364-7728

ISBN (Ausgabe) 978-3-946120-00-1

EDITORIAL

Seefahren macht besser. Man steht nicht immerzu auf der Erde und spürt nicht immer die Gewalt ihrer geistig-magnetischen Anziehung, die zum Laster und zur Un-selbst-ständigkeit führt. Man wird einsam. Verschwiegenheit wird Notwendigkeit. Die Elemente handeln.

Klabund: Franziskus (1929)

Ahoi!

Sie halten etwas Neues in Händen: *Seitenstechen* ist neu (erkennbar an der #1 auf dem Cover). Auch wir sind neu – zumindest als Herausgeber dieser Literaturzeitschrift und als Verleger des *homunculus verlags*.

Viele der hier versammelten Texte sind neu – jedoch: Was uns als zeitgenössisch gilt, vermag dies nur als Nachkomme des Vergangenen. Deshalb haben wir den Entschluss gefasst, keine reine Novitätenzeitschrift zu konzipieren, sondern vielmehr die Vielschichtigkeit zeitübergreifender belletristischer Produktion abzubilden. Hier laufen nicht nur die Stimmen der Gegenwart zusammen – zu ihnen gesellen sich klassische Texte, bekannte und vergessene Schätze der Literaturgeschichte, welche selbst ein Meer ist, aus dem geborgen werden kann.

Seefahren macht besser ist der Leitspruch dieser ersten Ausgabe. Neben unserer zielgerichteten Textakquise in der literarischen Vergangenheit verbreiteten wir unsere offene Ausschreibung durch viele digitale Kommunikatoren des Literaturbetriebs (jedem bereitwilligen Verteiler sei an dieser Stelle aufrichtig gedankt). Ergebnis des Aufrufs waren ganze 315 Einsendungen aller Gattungen – 19 davon finden Sie in dieser Ausgabe. Und wir glauben, mit der vorliegenden Zusammenstellung ist uns ein Panorama gelungen, das einen Einblick in die Breite des Sujets erlaubt. Denn dieser Blick reicht vom Meer als Urgewalt, als Sehnsuchtsort, als Biotop, als Herausforderung, als Politikum bis in den irdischen Mutterschoß. Nicht nur vom Seefahrer und seinem Schiff erzählen unsere Beiträge – auch vom Erzählen über dergleichen Erzählungen, vom Urtum Meer als handelndem Subjekt und dem, was jenseits dessen physischer Wahrnehmbarkeit liegt.

Wir wollen den verbleibenden Platz auf dieser Seite nutzen, um 1161 Dank zu sagen! Dies unseren Startnext-UnterstützerInnen, welche uns mit ihrem Interesse und einer finanziellen Crowdfunding-Spritze beigesprungen sind und mit uns die erste *Seitenstechen*-Ausgabe aus der Wiege gehoben haben. Selber Dank gilt auch der Stadt Erlangen, Sitz und Gründungsort von *Seitenstechen*, für Ihre finanzielle Zuwendung!

Letztendlich kann man mit unserer Literaturzeitschrift nicht nur Entdeckungen machen – sie ist eine.

Darum: Leinen los, Segel gehisst, volle Fahrt!

die Herausgeber
Joseph Felix Ernst & Philip Krömer

SEEFAHREN MACHT BESSER

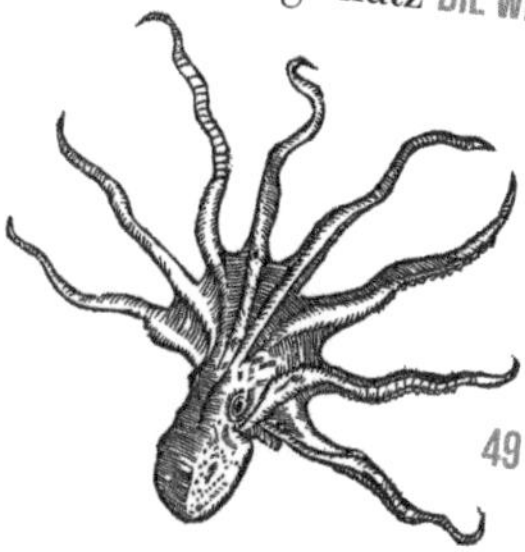

MAN WIRD EINSAM

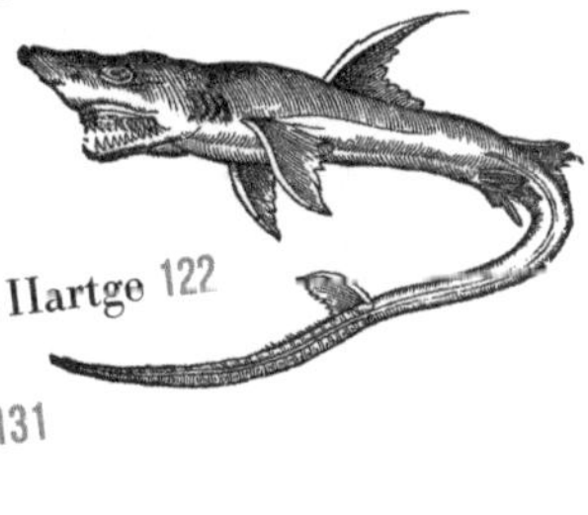

DIE ELEMENTE HANDELN

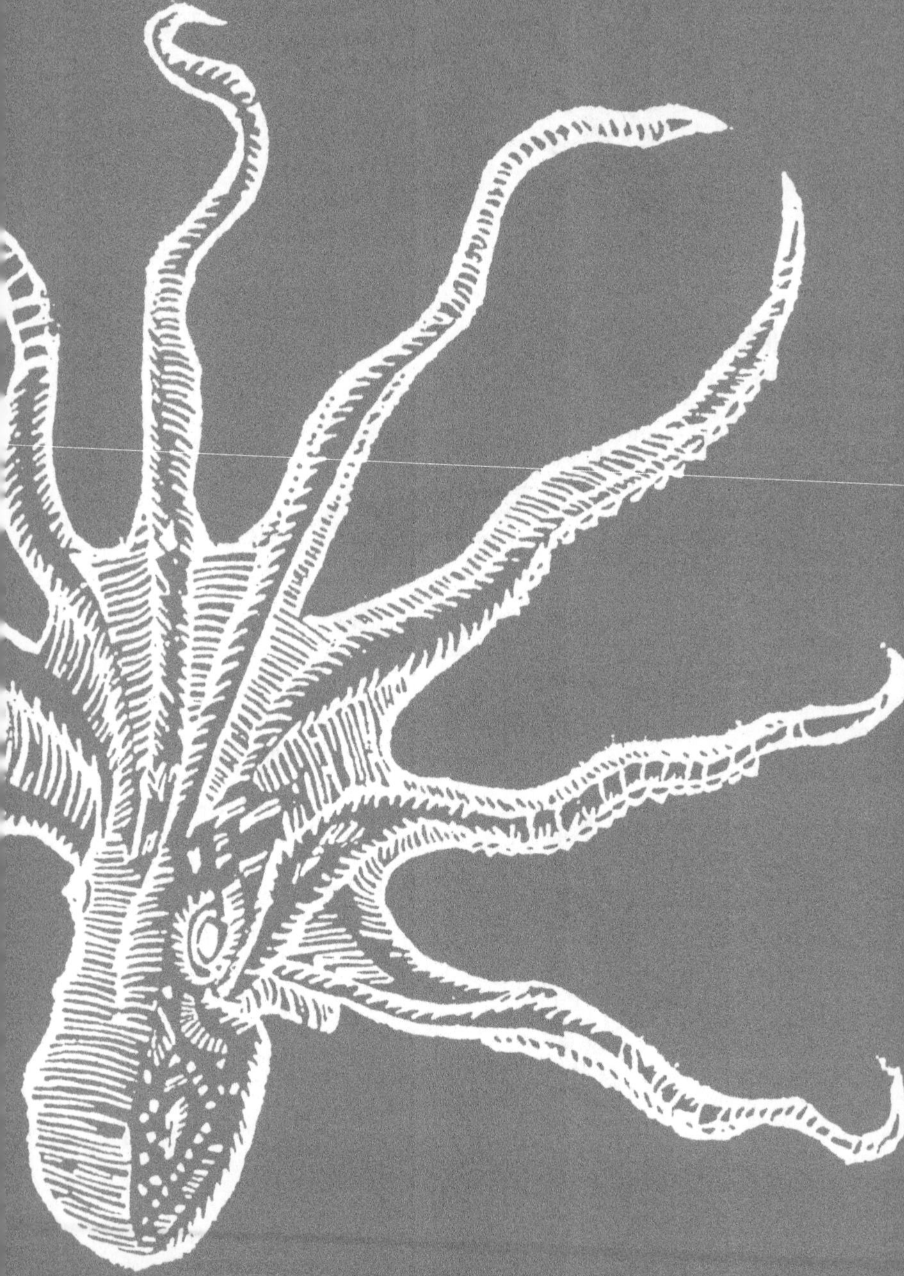

SEEFAHREN MACHT BESSER

PETER WAWERZINEK

8

ICH SEE WIE SICH DIE GREUEL MEEREN

L A M P E D U S A
Besuch beim Seeungeheuer in der entlegenen Bucht, in der es nicht wohnt, sondern nur arbeitet. Führt mich immer zum Marktplatz und von dort aus leicht bergab in größere Tiefen. Gruseliger Ort mit rostigen Gestellen, Schiffswracks, einigem Inventar, wild durcheinander geschüttelt, alles irgendwie zusammengebracht und zum ritterlichen Burgambiente vereint. Eine Ausstellung der unterseeischen Kühle. Eine Wendeltreppe sozusagen historischer Schiffsunglücke. Boote, die abgegluckert sind, wie es sagt.

Abgeschossen, torpediert, explodiert, absichtlich versenkt, auseinandergebrochen, vom Kapitän im geheimen Auftrag der Reederei absichtlich aufgegeben. Im großen Kuppelbereich, einer Art Trockenzelle unterhalb, finden sich letzte Zeugnisse, altes Holz, immer wieder Galionsfiguren, Bilder mit Bemalungen und Schnitzereien auf Elfenbein, von einiger Fertigkeit zeugend, peinlich mit dem Herstellungstag versehen; vieles hier von einem ganz gewissen Wert und Alter.

Hier hat das Seeungeheuer seinen Stammplatz und einen Mann, von dem keiner weiß, welche Rolle er so spielt. Allerlei Gerüchte gibt es, wissen aber tut niemand so recht. Nur sagen kann man sich, wenn sie schon ein barbarisches Ungeheuer ist und so einiges auf dem Plankenkerbholz hat, dann wird ihm, vor dem sie alle zucken und lieber sich verleugnen, aber einiges Gröberes anzudichten sein. Siebzehnhundert denkt man augenblicklich, das könnte die schicke Kajüte, in der sie wohnt, schon vom Baustil her sein.

Drei Arbeitstische, genauso alt und reich verziert, stehen ihr zur Verfügung, alles hypermoderne Technik, was ich so im Raum ausmachen kann. Zentral hinten mit Blick zur Tür sitzt sie. Wir können Seekuhmilchkuchen essen, sagt sie. Ich mag es nicht so sehr, aber ich verkneife mir wieder, ihn abzulehnen, beiß mich durch, muss aber stets ein Gefühl von Erbrechen niederhalten. Der ist noch vom *James-Joyce-Festival* übrig, sagt mein Seeungeheuer. Schokoladenstücke, wie ich sie mag. Dazu Seetang, Mittelmeeresbodenkräuter aus der Nähe von Lampedusa. Dort ist zurzeit viel los und dort betätigen sie sich beide. Mein Seeungeheuer spricht nicht gern darüber, aber es fällt viel an und ab. Und schließlich muss sie an ihre Zukunft denken, es gibt immer wieder einmal regelrechte Flautezeiten, von den Krisen und dem Beschaffungswahn der Chinesen soll gar nicht erst geredet werden. Es ist unser verwildertster Garten, sagt mein Ungeheuer kurz und winkt dann ab, wird nichts mehr weiter zu Lampedusa sagen. Die Presse ist für uns Erdlinge da, hier, unterm Wasser, geht es emotionslos zu, ohne Kampagnen und auch ohne Leute, die oberhalb der Meeresgrenze die Medien erfreuen. Euer Held, dieser neue, der sich einen lächerlichen Äppelkahn gekauft hat und nun lostuckern will, Menschenleben retten, in Lampedusa! Ich stoppe den nicht, soll er doch Retter spielen. Ich sagte dem nur ins Gesicht, die Kähne, die in Lampedusa untergehen, sehen mitunter deutlich seetüchtiger als sein Plan aus. Ich schaue kein ErdenlebenTVprogramm mehr. Ab und zu aber doch noch, giftet mein Ungeheuer, verfärbt sich, Tendenz: erregt bis wutrötlich, dunkelpink. Der da bei euch so gehypt wird, hat überhaupt nicht den blassesten Schimmer, wie es zugeht auf unserer Außenstelle dort.

Und mein Ungeheuer muss noch etwas erledigen, dann aber können wir mit der Unterwasserbahn schnell heraus sein aus der versunkenen Stadt, weg nur weg, das Todesreich verlassen und ab ins Gallegrüne, wo es unterseeisch ländlich zugeht, ehe wir es uns versehen haben. Und lange muss ich nicht warten. Ungeheuer sind ungeheuer flink. Und schon geht es mit ihm hinaus aus der Gruft ins Ländliche hinein, von dem das Ungeheuer sehr schwärmt.

Wir steigen aus. Ich sehe Schwärme widerlich aussehender Fische, alles Räuber, alles schreckliche Charaktere, die mich anstarren und mit ihren Augen fressen. Wäre mein befreundetes Ungeheuer hier nicht Chef, ratzbatz wäre ich wie eine Sprotte weggeputzt ohne langes Feuerquallenfackeln.

Bevor wir ihr kleines Paradies betreten, muss ich mit ihr noch eine Runde drehen, den alten Dorfkern ansehen, den Park, in dem gerade eine mörderische Haifisch-Combo übt. Das kleine Schlösschen, die niedrigen Häuser, schwärmt mein Ungeheuer, sein Lieblingsfachwerk, sagt es.

Aber bitte, stellt euch nur das Schlimmste dabei vor, ein unterseeischer Termitentempel mit lauter Löchern und in jedem Loch lauert der Tod. Ungeheuer sind nicht normal. Ich kann und will da nicht ins Detail gehen. Die sich vor Reagenzgläsern mit totem Material wie Embryos erwärmen, hier fänden sie weit größere Verkrüppelungen zu Tausenden tausend Mal schrecklicher vor als in ihren kühnsten Phantasien je ausgemalt.

Ich sage es ganz so wie es ist, diese mordenden, verfressenen, kriegerischen Ungeheuer müssten allesamt vom Meeresboden verschwinden. Wenn ich mit meinem Ungeheuer nicht so eng verbunden wäre (Lebertran ist dicker als Blut), nicht seine guten Seiten kennte, die aber noch verbrecherisch genug sind, ich würde mein Seeungeheuer eigenhändig erwürgen, ein für allemal erledigen, um Menschenleben zu retten.

Und dann sind wir bei ihm zuhause, wo es wohnt und nicht arbeitet, nicht Sterben und Tod fürs spätere Alter verdienen muss. Etwas reden. Danach essen gehen. Reichhaltiges Menü, für jedes Luxusrestaurant unerschwinglich. Der Meeresboden wirft Herrlichkeiten ab. Hier kennt man keine Not. Hier gibt es nur Zuwachs, Ausstoß, Delikatessen, wenn man es wie ich mit den Augen des Seeungeheuers zu betrachten gewohnt ist. Ich habe mich daran gewöhnt, eine Serviette aus feinstem Fischschuppenstoff für oberseeische sechzig Euro einfach so zu knüllen und nach dem Mahl abzulegen. Manches ist mit menschlichem Maß gemessen schon schmackhaft. Mir schmeckt nicht, dass mein Ungeheuer so ein Ungeheuer ist und sich bereichert, wo es nur kann, es keine Instanz zu geben scheint, die ihm Grenzen setzt und Einhalt auferlegt, dem Treiben ein Ende setzt. Das Meer ist, was Paragrafen, Gesetze, Verfassung, Bürgermanier, Menschenrecht und Anstand anbelangt, hinterweltlerisch, barbarisch zu nennen. Und das ist alles noch süßes Salz auf die zuckenden Wunden gestreut, will ich einmal poetisieren. Wir können uns keine Vorstellung davon erarbeiten, was für eine Todesmaschine das Meer von Anfang an war und geblieben ist, wie sehr diese Maschinerie sich anpassen kann und auf dem neusten Stand der Technik ist. Kreuzfahrtenschiffgefährlich ist auch nur ein erbärmliches Wort dafür. Und mein Ungeheuer ist nur eins von Abertausenden, ja Millionen solcher. Aber egal. Abends sind wir erschöpft zurück. Ich habe mich ausreiten lassen. Das ist ein Gaudi, zugegeben. Ausschlafen von den Torturen, die Beine entlasten, den Muskeln Ruhe gönnen.

Kinder, sie haben hier eine Methode, die Behandlung vollzieht sich im Tiefschlaf, Aale denke ich, sind es, die alle meine Glieder massieren. Saugnäpfe nehmen sich meiner Hautoberfläche an, in Meersalz gebadet werde ich wohl, von gutartigen Quallenarmen auf Vordermann gebracht. Wie gesagt, ich bin niemals dabei, kenne nur die Wirkung, und wenn ich erwache, ist alles vorbei, verschwunden sind sie alle, ich fühle mich nur wohl, ein Mensch aus dem Meer geboren, jedes Mal. Ich wäre blöd zu titeln, darauf zu verzichten. Wenn ich schon Zugang habe und akzeptiert hier bin, nehme ich Annehmlichkeiten dieser Sorte liebend wahr, basta und nicht rumgemäkelt und gemein gesagt von mir, ich würde ein Verbrechersystem stützen, wäre potenziell Terrorist.

Ich kann hier heilend auf dem Teppich schlafen, auf diesen aromatischen zwei dünnen Unterlagen. Ich weiß, dass mein Seeungeheuer in unserer Welt ein Kriegstreiber ist, ein Nutznießer, ein Mörder und und und. Deswegen schlafe ich bei ihm auch nicht gut, immer nur mit vielen Unterbrechungen. Drehpausen nenne ich die Störungen, weil ich mich im Bett drehe und drehe, hin und her wende und wende. Es ist eben so wie mit *Stalin* befreundet, *Pol Pot* oder einem von den geheimen Drahtziehern auf Erden, die nie genannt werden aber vorhanden sind und Massen meucheln, ohne je in Erscheinung zu treten.

Was uns auf Erden vorgespielt wird, geht auf keine Seekuhhaut. Und ich sage es frei heraus, wie barbarisch es hier unter Wasser zugeht, es ist alles menschlicher zu nennen, was kriegerisch genannt wird.

Wir Menschen können uns nicht mit den Ungeheuern gleichsetzen lassen, wir sind die obere Gottheit aller Verbrechen. Zu uns schauen die scheußlichsten Ungeheuer auf. Ich werde angebetet und verehrt, weil ich zur Spezies *Mensch* gehöre, die sich alles erlaubt bis zur Atombombe und noch bei Weitem nicht am Ende ihres Lateins ist, noch bösere Sachen erfinden und ausprobieren wird. Dagegen geht es hier manierlich zu. Wenn ein Mensch ertrinkt, stürzen sich die Raubfische auf ihn, fressen ihn an und auf, im Glauben daran, dann ein wenig böser zu werden. Es ist eine Art Schwanentanz. Hier nennt man böse *menschlich* und Kannibalismus *menschliche Umgangsformen*, sich gegenseitig umbringen *gutes Benehmen*; *Putin* ist bei uns das Wort für Lachsrogen. Ja, so sieht es aus.

Mordlust kann auch zu Kinderreichtum führen, sagt mein Ungeheuer. Es hat sich angewöhnt, mit mir über spezielle Dinge zu philosophieren. Seine Mutter hat sich wohl übernommen mit uns sechs Kindern, sagt es. Da hätten drei auch gereicht. Zum Ende hin war sie ausgeglichen und nicht mehr Ungeheuer genug, über sich selbst zu herrschen. Beinahe harmonisch und ruhig ging es mit ihr zu. Sie war gar nicht meerzickig mehr. Ist sogar mit Wandern gekommen. Dorthin, wo wir heute waren, ist es ja eine Tortur. Wo sie doch sonst sagen täte: Ist schon gut, mag sein, dass es euch erheitert, mein Friedhof ist das nicht. Den erhalte dir mal schön allein. All die untergegangenen Schiffe, sie erträgt den Gedanken nicht, wie dabei Menschen eingesogen werden und ertrinken. Ich sage ihr, Ameisen sind es, darüber muss man nicht nachdenken.

Zur Unnachgiebigkeit und Härte wollte sie mein Ungeheuer erziehen. Es sollte das Ungeheuer aller Ungeheuer werden, ein tolles, würdiges Ungeheuer. Und was ist aus mir geworden? Mutter hat das Versprechen gebrochen, ist weich wie Austerninneres geworden, sagt die Schwester, die, wenn wir miteinander philosophieren, kurz vorbeischaut, von ihren ungeheueren Verbrechen weltmeerweit ablässt, aufs Ertrinken Unschuldiger verzichtet. Euch kann ich zuhören, sagt sie. Hier darf ich schweigen.

Was die Schwester meines Ungeheuers am meisten ärgert, erst so richtig bös werden ließ? Nun, antwortet sie brav auf meine heikle Frage, wie sie, die ungeheuer schlaff gewordene Mama, alles hier noch mamagern wollte. Den Überblick ihres eigenen Absterbens behalten, so nenne ich das einmal. Abartig. Welche Leichen noch vorhanden sind, wie Versunkenes, Ermordetes anders zu verwenden und einzusetzen ist, was aus ihr werden soll nach ihrem Tod? Die Fragen standen an. Aber zu uns Kindern sagte sie, sie wüsste, wie das Meermordhandwerk geht, versprach, uns alles zu zeigen, uns treulich zu unterweisen, dass wir die größten Meeresmörder werden. Wir hätten mehr betteln, drängen und nachfragen sollen, haben sie nicht genug unter Druck gesetzt und angehalten, uns böser zu machen, sondern alles geschehen lassen, obwohl es uns nicht weiter schaden konnte. Kurzum, sie hat mit uns eben und der wichtigsten Ungeheuerzeit nichts Böses mehr angestellt. Alt und kräftig waren wir genug, die Mutter anzufallen, aufzufressen, wenn sie uns nicht mehr passen sollte.

Feige waren wir und nun sind wir beide verweichlichte Ungeheuer, nicht der Rede wert, untauglich, Randerscheinungen beim großen Meersterben. Und ärgert sich auch heute wieder dunkelrot darüber. Weil, das hätte sie aus Neugierde schon interessiert, was da herausgekommen wäre bei ihr und ihrer Schwester. Übers Internet bekommt man ja haarkleine Details geliefert, sagt sie, bevor sie den Wasserfloh macht, aber wir sind nicht an erster Stelle dabei.

Liebe. Liebe. Immer wieder *Liebe.* Wir bereden sie in allen Facetten, weil Ungeheuer nicht lieben können, wie wir Menschen eben nicht Kiemen besitzen und unter Wasser zu leben wissen. Unsere Themen jagen sich. Kaum Zeit, etwas ausführlicher zu bereden, was Liebe ist, was Liebe tut, was Liebe will und auch an Leid folgen lässt.

Mein Ungeheuer steht gar nicht auf Leid durch die Liebe. Leid, sagt es, füge es anderen doch schon genug zu. Es interessiert sich mehr für die Freud durch das Leid oder so. Alles nur kurz angetippt. Ich komme mit dem Stift kaum hinterher, es aufzuschreiben. Denn das ist ja der obere Zweck meiner Meererkundungen. Sie hätte etwas tun sollen, wegen der Sauferei, das war nicht mehr schön. Man säuft im Meer einfach viel viel mehr als auf Erden. Aber man kann sie sich auch beide nicht in Gruppe und Therapie vorstellen, die beiden versoffenen Schwestern. Dafür sind sie schon viel zu weit von uns Menschen entfernt. So viel Einsicht und Vernunft es anzugehen, bringen Ungeheuer nicht auf. Seeungeheuer sind da noch einmal komplizierter ausgerichtet, weil ihre Materie ja die flüssige ist. Da können sie einfach nicht unterscheiden. Und mit Menschen bekommt man ja auch nicht so oft zu tun. Ich bin über Monate der einzige Lebende, ansonsten haben sie ja nur mit Ersoffenen zu tun. Das ist nicht gut, wenn man sich selbst von einem Laster heilen lassen will.

Es sind ja auch vor allem die Veränderungen im Wesen, die sie mögen, dass sie dann ausrasten und rücksichtslos brutal werden im geilen Tiefseerausch, wie man das hier nennt. So richtig spitz und gehässig und irgendwie auch sexy und begehrenswert fühlen sie sich dann. Und schon ist aller guter Wille *hinflüssig*, so sagt man hier.

Mein Ungeheuer, nun ja. Da gibt es bestimmt Fragen genug an mich. Was an ihm reizend ist? Sicher sind es die Zähne, die so scharf aussehen, aber in sehr schlechtem Zustand sind. Öffnet es seinen Mund zum breiten Lächeln, zeigt sich der schlechte Zustand der Zähne besonders heftig. Schlechte Zähne aber gelten hier als scharf. Ungeheuerinnen werden wilder und meinen, wenn es sie herzeigt, nun sein Intimstes zu kennen. Man zeigt wie unter Seepferden seine schlechten Zähne gern her und kann dann die Ebene mit dem Geschlechtsgenossen halten, im Wissen um seine Gebrechen, sich einen Koitus vorstellen. Es ist die Nähe zum Gebiss, was bei uns der Griff in den Schritt bedeutet.

Sie suchen hier Zahnbelagsnähe zu erreichen. Es gehört zum Liebesspiel, sich gegenseitig schlechte Zähne zu entfernen und dem anderen einzusetzen. Das schmerzt und wird hier als Glück empfunden. Das kommt der ewigen Entjungferung gleich, sagt man hier. Man lässt sie sehen, kann die Zähne nur schwer verbergen. Potenzzähne sind sie.

Man fällt auf. Man richtet das Augenmerk auf sich. Man fordert die Interessierten auf, sich zu interessieren, zu nähern und bemüht zu zeigen, hinter das Rätsel zu kommen, hinter die Lippen zu sehen, hinter die Zähne zu geraten, hinter ihnen die lüsterne Zunge, wartend und bereit.

Es bedeutet Überwindung. Man bekennt sich zu den inneren Seehunden, überwindet sich, wird verwegen, wenn man sich den Zähnen eines anderen nähert. Man prüft sich. Man meint mehr verliebt zu sein, mehr zu wagen als andere Liebende, die sich zahnlos überwinden.

Und ihr dürft nicht vergessen, mit den gleichen Zähnen schlagen Ungeheuer erbarmungslos zu und lassen keinem einzigen Menschen eine Chance.

Ich nenne mein Ungeheuer eine *Furie.* Das Wort ist noch viel zu gemütlich, sie richtig zu beschreiben: Oh ja, sie konnte in ihrem Leben auch schon sehr aufbrausend und ungehalten sein, wenn es ihr reichte, dich bei den Haaren packen und zu Boden schleudern. Und die es anhimmelten, bekamen es mit ihrem Mordsspott zu tun. Sie badete ihren ersten Mann, den sie angefallen hat, bevor er ihr nicht mehr gefiel und sie ihn tötete, in Kugelfischsoße – und er kam sich vor wie der Göttliche, als sie ihn zu Tode biss, stöhnte er.

Ein schreckliches Szenarium. Reden wir von den Zeiten, als sich die Ungeheuer noch ungeheuer mochten. Also spulen wir Schreckensjahre zurück. Es mag all die Ungeheuer nicht, die ihm den Wasserfloh des Ruhms hinter die Kiemen setzen. Es mag ihre Studiozeiten nicht. Es sagt, es liebe nur sich. Mit ihm zur Seite war es nie lustig. Er wäre mitunter schwer nur auszuhalten, sie möchte sich mit ihm täglich wie unter Jungen raufen, ihm wehtun, verbeißen. Er aber denkt nur an große Verbrechen und Massensterben. Schon sehr früh reitet ihn dieser Wahn. Und vor die Küsten Amerikas holten sie ihn auch nur, um sich zu belustigen. Denn er war nicht so gut wie sein Ruf. Im Gegenteil. Er war schlapp.

Die jungen, dämlichen Weiber, die ihn toll finden, schaden ihm und lassen ihn noch mehr verblöden, da in Amerika. Gehe mir weg mit Amerika. Alles keine echten Verbrecher. Alles nur Staffage und Täuschung. Zu viel Lob treibt den guten armen Menschen an die Klippe, lässt ihn abheben, ins Meer stürzen, sagt mein Ungeheuer und zischt mich an.

Zeit zu gehen, bevor es sich vergisst und mich frisst, mich kleinen menschlichen Happen, halbe Erdnuss für es. Denn mein Ungeheuer fängt auch schon an, mich ins Auge zu fassen: Ich weiß nicht, was euch trieb, eure Unterschiede und Meinungen öffentlich auszutragen. Es muss eine Phase der Liebe gewesen sein, die ihr beide nicht steuern konntet, sagt sie und giftet damit gegen meine Liebe zu einer Menschenfrau aus Magdeburg. Ich kann mir gut denken, dass alles als kleine Showeinlage begann. Einfach, weil ihr lustig erscheinen wolltet. Und dann sind euch die Gags nicht mehr so gelungen und ihr habt eure Fäden nicht weitergesponnen, sie zerrissen. Dem Partner wird es als seelisches Wirrwarr vor den Latz geworfen, schon gerät die Schose aus den Fugen, es geht zur Sache mit *Hallo* und ohne Rücksicht auf Verlust. Das ist der Sinn der Liebe. Alles, was man von ihr lernt, ist Abschied, Trennung.

Und ist mit seinen Zähnen mir sehr nah. Ungefähr so groß wie Kirchenkerzen auf dem Altar vom Kölner Dom, müsst ihr euch diese Zähne denken. Und dröhnt auf mich ein mit Wut: Man kennt das zur Genüge. Das Paar à la Pack schlägt sich, verträgt sich, zersägt sich, klebt aneinander in Pech- und Schwefelzeiten. Eure Liebe, ich hasse sie.

Und dann ist das ausgestanden und mein Ungeheuer entfernt sich wieder, wirkt gut gelaunt. Es gibt keinen Grund mehr für mich, länger zu bleiben. Ich nenne irdische Termine und es bringt mich zurück an die Meeresoberfläche, den Meeresspiegel. Unterwegs kann ich mir noch einigen Stuss anhören. Wir seien alle nichts wert, wir Menschen.

Die schönen Blumen, sie würden am Wegesrand verblühen. Für Blumen sei auf dem Meeresboden reichlich Platz. Ungeheuer werden sich aber nie an ihnen erfreuen. Ungeheuer säen lieber Chaos und Katastrophen. Schau her, was ich mit deinen Liebenliebenblumen beginne, schnauft mein Ungeheuer, wie es mich vor einem Rapsfeld mit Mohnblumen verziert abgesetzt hat. Verbrennt mit einem Niesen den gesamten Hang und auch den schönen französischen Wald dahinter, dass sie es heute in den Nachrichten bringen werden und eine brennende Kippe vermuten können. Zerfetzt wie ein Blumenstrauß eine ganze Region unter Flammen. Und mein Ungeheuer freut es diebisch, ehe es abtaucht und verschwindet.

Aus basta, nichts mehr mit wunderschönen Blumen aus der Region, für Jahre ein unermesslicher Flurschaden. Alles von einem Husten meines Ungeheuers stammend.

Ihr denkt, ihr lebt in einem Irrenhaus, benehmt euch wie von Sinnen, wenn ihr euch bei den Haaren zerrt, euch die Büschel nur so herausreißt. Ihr depperten Menschen. Zeigt mir ein Ungeheuer, ruft mein Ungeheuer noch einmal beim nach Luft Schnappen, das euch Menschen fürchten muss. Haha. Eure verfeindeten Gruppen sind nichts gegen unsere unterseeischen Orgien. Eure Kriege fliegen bei uns als harmlose Schimpfworte herum. Eure Bomben sind Sahnetorten bei uns, mit Freude dem anderen ins Gesicht gepfeffert. Denn ihr seid zum Glück nur mit euren Händen, Beinen, Armen, Knien und Füßen bewaffnet und lächerlich ausgerüstet. Unser Glück, sollten wir sagen. Sonst wäre der Kampf mit uns blitzartig entschieden, mit einem Knall würden alle Ungeheuer von euch Menschen zur Strecke gebracht und Schluss wäre es mit uns für allemal. Was schade wäre, denn all die Entsetzen, die wir Ungeheuer betreiben, bringen etwas Stimmung in die Monotonie, höre ich mein Ungeheuer noch blubbern, bevor es wieder in sein gewohntes Meerbad überwechselt.

Die Springburn hatte festgemacht
Am Petersenkai.
Kuttel Daddeldu jumpte an Land,
Durch den Freihafen und die stille heilige Nacht
Und an dem Zollwächter vorbei.
Er schwenkte einen Bananensack in der Hand.
Damit wollte er dem Zollmann den Schädel spalten.
Wenn er es wagte, ihn anzuhalten.
Da flohen die zwei voreinander mit drohenden Reden.
Aber auf einmal trafen sich wieder beide im König von
Schweden.

Daddeldus Braut liebte die Männer vom Meere,
Denn sie stammte aus Bayern.
Und jetzt war sie bei einer Abortfrau in der Lehre
Und bei ihr wollte Kuttel Daddeldu Weihnachten feiern.

Im König von Schweden war Kuttel bekannt als Krakehler.
Deswegen begrüßte der Wirt ihn freundlich: »Hallo old
sailer!«
Daddeldu liebte solch freie, herzhafte Reden,
Deswegen beschenkte er gleich den König von Schweden.
Er schenkte ihm Feigen und sechs Stück Kolibri

Und sagte: »Da nimm, du Affe!«
Daddeldu sagte nie »Sie«.
Er hatte auch Wanzen und eine Masse
Chinesischer Tassen für seine Braut mitgebracht.

Aber nun sangen die Gäste »Stille Nacht, Heilige Nacht«
Und da schenkte er jedem Gast eine Tasse
Und behielt für die Braut nur noch drei.
Aber als er sich später mal darauf setzte,
Gingen auch diese versehentlich noch entzwei,
Ohne dass sich Daddeldu selber verletzte.

Und ein Mädchen nannte ihn Trunkenbold
Und schrie: er habe sie an die Beine geneckt.
Aber Daddeldu zahlte alles in englischen Pfund in Gold.
Und das Mädchen steckte ihm Christbaumkonfekt
Still in die Taschen und lächelte hold
Und goss noch Genever zu dem Gilka mit Rum in den Sekt.
Daddeldu dacht an die wartende Braut.
Aber es hatte nicht sein gesollt,
Denn nun sangen sie wieder so schön und so laut.
Und Daddeldu hatte die Wanzen noch nicht verzollt,
Deshalb zahlte er alles in englischen Pfund in Gold.

Und das war alles wie Traum.
Plötzlich brannte der Weihnachtsbaum.
Plötzlich brannte das Sofa und die Tapete,
Kam eine Marmorplatte geschwirrt,
Rannte der große Spiegel gegen den kleinen Wirt.
Und die See ging hoch und der Wind wehte.

Daddeldu wankte mit einer blutigen Nase
(Nicht mit seiner eigenen) hinaus auf die Straße.
Und eine höhnische Stimme hinter ihm schrie:
»Sie Daddel Sie!«
Und links und rechts schwirrten die Kolibri.

Die Weihnachtskerzen im Pavillon an der Mattentwiete
erloschen.
Die alte Abortfrau begab sich zur Ruh.
Draußen stand Daddeldu
Und suchte für alle Fälle nach einem Groschen.
Da trat aus der Tür seine Braut
Und weinte laut:
Warum er so spät aus Honolulu käme?
Ob er sich gar nicht mehr schäme?
Und klappte die Tür wieder zu.
An der Tür stand: »Für Damen«.

Es dämmerte langsam. Die ersten Kunden kamen
Und stolperten über den schlafenden Daddeldu.

ANKE KRAMER
DER WEISSE VOGEL

Der Kapitän Jacques hat einen weißen Vogel aus Blech an der Wand, der stammt vom Schornstein von Rommels Yacht, sagt er. Er selbst hat den Vogel dort gesehen, als das Boot noch Feldmarschall hieß, nicht mehr White Bird, und noch nicht Oiseau Blanc. Rommel, sagt Jacques, war selbst nie auf seinem Boot, er hatte keine Zeit, er führte Krieg. Ein Krieg in Afrika, ein Krieg in Italien, ein Krieg in Frankreich, da blieb keine Zeit für den weißen Vogel. Der weiße Vogel war hochseetauglich, er war ein technisches Meisterwerk. Die Waschbecken hingen in Drehlagern und blieben auch bei Seegang still, die Mahagonibetten schwebten ruhig, wie sehr das Boot auch schwankte, sie boten Zuflucht vor der Seekrankheit. Ein Pariser Geschäftsmann hatte das Boot für sich bauen lassen, vor dem Krieg; im Canal d'Orléans hatte die deutsche Armee es erbeutet.

Die Wehrmacht zog sich von der Küste zurück, Rommels Auto wurde abgeschossen, die deutschen Soldaten beluden den weißen Vogel mit Munition und Granaten und versenkten ihn im Becken von Arcachon, was nicht leicht war, weil der weiße Vogel stabil gebaut war. Axthiebe gegen seinen polierten Rumpf konnten nichts ausrichten. Die Soldaten hieben die Seewasserleitungen im Maschinenraum auf, der weiße Vogel lief sofort voll Wasser, die Fischer vor der Vogelinsel sahen ihn untergehen. Achtzehn Meter tief lag er auf dem Boden des Beckens von Arcachon.

Nach dem Krieg kaufte ein Reeder aus Bordeaux den versunkenen Vogel für einen Franc. Er wurde gehoben und auf den Strand geschleppt, er wurde vom Sand, vom Seegras, von Algen und Austern befreit, von den verrosteten Granaten, den silbernen Waschbecken, den Mahagonibetten. Der White Bird wurde zum Oiseau Blanc, er sollte Langusten fangen. Doch die Langusten starben in den Körben, die Fischer warfen sie ins Meer zurück. Der weiße Vogel kehrte leer von seinen Fahrten zurück, er war nicht als Fischerboot geeignet. Der Reeder bezahlte die Mannschaft nicht, der weiße Vogel lag im Hafen von Arcachon bei Wind und Wetter, ein paar Jahrzehnte lang. Wo er jetzt ist, weiß niemand, doch der Pelikan von seinem Schornstein hängt an der Hauswand von Kapitän Jacques.

Bisher: Meuterei und Havarie

Ich hatte schon eine Zeit lang an die Möglichkeit gedacht, dass wir zu diesem letzten grauenvollen Schluss gelangen würden, und mich im Stillen dazu entschlossen, lieber den Tod in welcher Form und unter welchen Umständen immer zu erleiden, als auf ein solches Mittel zurückzugreifen. Die Entsetzlichkeit meiner Hungerqualen änderte nichts an der Festigkeit dieses Vorsatzes. Weder Peters noch Augustus hatten den Vorschlag bisher vernommen. Daher nahm ich Parker beiseite und indem ich innerlich zu Gott flehte, er möge mich in meinem Vorhaben, ihn von seinem grässlichen Plan abzubringen, stärken, drang ich lange Zeit in ihn, bat und beschwor ihn, bei allem, was ihm heilig sei, bedrängte ihn mit jeglichem Vernunftsgrund, den unsere schreckliche Lage mir eingab, er möge den Gedanken aufgeben und den anderen beiden davon nichts sagen.

Er hörte alles an ohne den Versuch, eines meiner Argumente anzufechten, und schon begann ich zu hoffen, dass er meinem Anliegen nachgeben würde. Aber als ich mit meiner Ansprache fertig war, sagte er: er wisse sehr gut, dass ich mit alldem recht habe, dass die Zuflucht zu solchem Gräuel das Furchtbarste sei, wozu sich ein Mensch entschließen könne;

aber jetzt habe er so lange ausgehalten, wie die menschliche Natur es zulasse; es sei unnütz, dass alle zugrunde gehen sollten, wenn es möglich und sogar recht wahrscheinlich sei, dass der Tod des einen die andern letztendlich retten würde; er fügte hinzu, ich möge mir nur keine Mühe mehr geben, ihn von seinem Vorhaben abzubringen, sein Entschluss habe schon vor dem Erscheinen des Schiffes festgestanden und nur dessen Insichtkommen habe ihn daran gehindert, diese Absichten zu einem früheren Zeitpunkt kundzutun.

Daraufhin bat ich ihn, wenn er sich schon nicht von seinem Plan abbringen lassen wolle, so möge er ihn wenigstens um einen Tag aufschieben, es könne noch immer ein Schiff uns zu Hilfe kommen; wiederum kam ich mit jedem Beweisgrund, von dem ich dachte, er könne auf seine raue Natur von Einfluss sein. Er erwiderte, er habe nicht eher gesprochen, als bis er nicht mehr anders gekonnt habe, dass er nicht länger ohne Nahrung aushalten könne, und dass darum, wenigstens was ihn beträfe, sein Vorschlag am nächsten Tag zu spät kommen würde.

Da ihn nichts von dem, was ich in sanftem Ton vorbrachte, zu bewegen vermochte, schlug ich einen anderen Ton an und sagte ihm, er müsse sich bewusst sein, dass ich weniger als die Übrigen unter unserem Unfall gelitten habe; dass folglich meine Gesundheit und Kraft momentan größer sei als die seinige, ebenfalls als die von Peters und Augustus; kurz und gut, dass ich Gewalt anwenden würde, falls ich es für nötig befinden sollte, und ihn, sollte er die anderen mit seinem blutigen Kannibalenplan vertraut machen, ohne Zögern ins Meer werfen würde. Darauf packte er mich beim Hals, zog ein Messer und versuchte wiederholt, aber erfolglos, es mir in den Magen zu stoßen; nur seine außerordentliche Schwäche hinderte ihn an der Ausführung dieser Gewalttat. Nun aber flammte mein Zorn hoch auf, ich drängte ihn an die Brüstung in der festen Absicht, ihn über Bord zu stoßen. Doch rettete ihn das Eingreifen Peters, der herbeieilte, uns trennte und nach dem Grund für unser Zerwürfnis fragte. Ehe ich Parker daran hindern konnte, hatte er diesen vorgebracht.

Die Wirkung seiner Worte war weit entsetzlicher, als ich es mir vorgestellt hatte. Sowohl Augustus als auch Peters, die offenbar längst im Stillen den gleichen Schreckensgedanken gehegt hatten, bekräftigten Parkers Plan und bestanden auf dessen sofortiger Ausführung. Ich hatte erwartet, dass wenigstens einer von beiden ausreichend geistige Unversehrtheit besitze, um sich im Widerstand gegen die schrecklichen Absichten Parkers auf meine Seite zu schlagen; mit dessen Hilfe hätte ich nicht fürchten müssen, dass mein Versuch, die Ausführung zu verhindern, zuschanden werden könnte. Da ich in dieser Erwartung getäuscht worden war, wurde es höchste Zeit, an meine eigene Sicherheit zu denken, denn weiterer Widerstand meinerseits konnte Männer in einer fürchterlichen Verfassung wie der ihren veranlassen, mir in der bevorstehenden Tragödie keine ehrliche Behandlung zuzubilligen.

Ich gab ihnen nun meine Zustimmung und bat lediglich um eine Stunde Aufschub, damit der Nebel, der sich um uns gesammelt hatte, Zeit habe sich aufzulösen, denn es wäre ja möglich, dass das zuvor erblickte Schiff wieder in Sicht kommen könne. Sie gingen nach längerem Hin und Her darauf ein; und wie ich vermutet hatte (eine starke Brise kam auf), hob sich der Nebel, noch ehe die Stunde um war; und da kein Schiff zu sehen war, machten wir uns bereit, Lose zu ziehen.

Nur mit tiefem Widerstreben verweile ich bei der gräulichen Szene, die nun folgte; eine Szene, deren sämtliche Einzelheiten mir spätere Ereignisse nicht ansatzweise aus meiner Erinnerung zu löschen vermochten, und das brutale Gedächtnis an sie wird mir jeden zukünftigen Augenblick meines Lebens vergällen. Ich will daher so rasch, wie die Beschaffenheit der zu erzählenden Vorkommnisse es zulässt, über diesen Teil meiner Geschichte hinwegeilen. Die einzige Methode, wie wir die grausame Lotterie, in der wir alle unser Glück zu versuchen hatten, durchführen konnten, war das Ziehen von Strohhalmen. Wir sammelten kleine Holzsplitter, durch die die Entscheidung herbeigeführt werden sollte, und kamen überein, dass ich sie in der Hand halten sollte. Ich zog mich an ein Ende des Rumpfes zurück, indes meine unseligen Gefährten am andern Ende mir schweigend die Rücken zukehrten. Die allerschlimmste Angst, die ich während dieses schrecklichen Dramas auszustehen hatte, befiel mich, während ich die Lose ordnete. Es gibt nur wenige Situationen, in die ein Mensch geraten kann, in denen er kein tiefes Interesse an der Erhaltung seiner Existenz hat; ein Interesse, das mit der Fragilität des Anspruchs auf die eigene Existenz wächst. Jetzt aber, da mich die Stille, die Endgültigkeit, die Härte meiner anstehenden Aufgabe (so verschieden von der tosenden Gefahr des Sturmes oder dem schleichenden Grauen des Hungers) an die geringen Möglichkeiten denken ließ, die mich vom grauenvollsten Tod schieden – einem Tod zu allergrauenvollstem Zweck –, da verließ mich jede Spur der Energie, die mich bis jetzt aufrecht gehalten hatte wie eine Feder im Wind, und ich fiel der jämmerlichsten, erbärmlichsten Furcht zum Opfer. Ich konnte anfangs nicht einmal genug Kraft aufbieten, die Holzsplitter zu zerkleinern und anzupassen, meine Finger versagten rundweg den Dienst und meine Knie schlugen heftig gegeneinander. Tausend wahnwitzige Pläne, die meine Teilnahme an der scheußlichen Lotterie vereiteln sollten, schossen mir durch den Kopf. Ich wollte mich vor meinen Gefährten auf die Knie werfen und sie anflehen, mir diese Notwendigkeit zu erlassen; wollte mich plötzlich auf sie stürzen und einen von ihnen töten, um so die Entscheidung durchs Los überflüssig zu machen – kurz, alles wollte ich eher, als das mir Übertragene durchführen. Schließlich, nachdem ich lange Zeit auf solche Unsinnigkeiten verschwendet hatte, rief mich Parkers Stimme zur Besinnung, die mich beschwor, sie nur rasch von dieser grässlichen Ungewissheit zu erlösen. Aber selbst dann konnte ich mich noch nicht dazu zwingen, die Splitter an ihren Platz zu stecken, sondern überdachte stattdessen alle Listigkeiten, durch die ich einen meiner Leidensgefährten dazu verleiten könnte, den kurzen Splitter zu ziehen, denn es war ausgemacht, dass wer das kürzeste der vier Hölzchen aus meiner Faust zog, für das Wohl der Übrigen zu sterben habe. Bevor mich nun jemand meiner offensichtlichen Herzlosigkeit wegen verdammen wollte, soll er erst einmal in einer Situation wie dieser meinen Platz eingenommen haben.

Endlich war kein Aufschub mehr möglich und mit einem Herzen, das mir in der Brust zu zerspringen drohte, begab ich mich nach dem Vorderdeck, wo mich meine Gefährten erwarteten. Ich streckte die Hand mit den Splittern aus und Peters zog sofort. Er war frei – zumindest war sein Hölzchen nicht das kürzeste; und die Wahrscheinlichkeit meines Davonkommens sank. Ich nahm all meine Kraft zusammen und hielt Augustus die Lose hin. Er zog ebenfalls rasch und war ebenfalls frei; nun waren die Möglichkeiten, dass ich leben oder sterben sollte, genau gleich groß. In diesem Augenblick durchwühlte die Wut eines Tigers meine Seele und ich empfand gegen dieses arme Mitgeschöpf, Parker, den tiefsten, teuflischsten Hass. Aber das Gefühl währte nicht lange; und mit einem krampfhaften Schauder und geschlossenen Augen hielt ich ihm endlich die verbleibenden Splitter hin. Volle fünf Minuten dauerte es, bis er sich dazu durchringen konnte zu ziehen, und während dieser ganzen Zeit herzzerreißender Spannung öffnete ich die Augen nicht ein Mal. Plötzlich wurde eines der beiden Lose blitzschnell aus meiner Hand gezogen. Die Entscheidung war gefallen, doch wusste ich noch nicht, ob für oder gegen mich. Keiner von uns sprach und ich wagte nicht, mir durch einen Blick auf den Splitter in meiner Hand Klarheit zu verschaffen. Endlich nahm Peters meine Hand, ich zwang mich aufzuschauen und sofort erkannte ich an Parkers Antlitz, dass ich frei, dass er der zum Leiden Verurteilte war. Ich rang nach Atem und stürzte bewusstlos aufs Deck hin.

Ich kam rechtzeitig zur mir, um noch die Vollendung der Tragödie durch den Tod dessen zu schauen, der sie am eifrigsten ins Werk gesetzt hatte. Er wehrte sich nicht im Geringsten; Peters stieß ihm den Dolch in den Rücken und er fiel tot zu Boden. Ich darf nicht bei dem grausigen Mahle verweilen, das nun folgte. Dergleichen lässt sich vorstellen, aber von dem höllischen Entsetzen der Wirklichkeit vermögen Worte allein dem Geist keine Vorstellung zu geben. Es ist wohl genug, wenn ich sage, dass wir den grausamen Durst, der uns verzehrte, so gut wie möglich an dem Blut unseres Opfers stillten und nach gemeinsamem Beschluss Hände, Füße und Kopf entfernten und zusammen mit den Innereien ins Meer warfen; Stück für

Stück verzehrten wir den Rest des Körpers während der vier nie aus dem Gedächtnis wegzulöschenden Tage, dem 17., 18., 19. und 20. des Monats.

Am Neunzehnten kam ein scharfer Regenguss, der etwa 15 oder 20 Minuten andauerte; wir fingen uns etwas Regenwasser in einem Betttuch, das wir gleich nach dem Sturm in der Kajüte aufgefischt hatten. Es mochte nicht mehr als eine halbe Gallone ausmachen; aber schon diese magere Ausbeute gab uns etwas Hoffnung und Kraft zurück.

Am Einundzwanzigsten waren wir wieder in äußerster Not. Das Wetter blieb warm und schön, zuweilen gab es Nebel oder leichte Brisen, meist aus dem Norden nach dem Westen.

Danach: Rettung und die Mysterien des Südpols

Aus: Die denkwürdigen Erlebnisse des Arthur Gordon Pym. *Deutsch von Gisela Etzel, für diese Ausgabe neu durchgesehen.*

MICHAEL BURGHOLZER

kaventsmann
kaventsmann
bist weiß
wie die wand
drei stählerne schwestern
die wollen dich kielen
beleibter gesell

dein leben
kaventsmann
das läuft
aus dem ruder
ruf violet jessop
die lässt
dich nicht los

die zieht dich heraus
aus dem leck
der olympic
die schleppt dich
ins dock
nach southampton
gewichtiger spund

kaventsmann
kaventsmann
veräußerst die seele
begibst dich
auf reisen
im kalten atlantik
gedunsener geck

im boot
an dem eisberg
im meer
von neufundland
sitzt violet jessop
die reicht dir
kaventsmann
die rettende hand

die zieht dich heraus
aus dem sog
der titanic
bewahrt dich
kaventsmann
des nachts
vorm ersaufen
am senkrechten rumpf

SCHIEMANNSGARN*

du läßt dich
nicht gehen
du willst auf die wellen
bekalmter
kaventsmann
so lockt dich
beharrlich
die gischtige see

im licht der ägäis
versinkt die britannic
die wütenden schrauben
die hacken
die wehrlosen
körper entzwei

folg violet jessop
die taucht dich
ins wasser
kaventsmann
kaventsmann
so bleibt
in den fluten
dein leben im leib

kaventsmann
kannst atmen
die schwestern sind tot
zwei liegen
in finsterer tiefe
zerbrochen am boden
die dritte zerschnitten
am burgh in fife

kaventsmann
kaventsmann
nun lach
mit den hühnern
im garten
von violet jessop
wach auf

im haus
unterm reetdach
verlandet
ihr wässriges herz

** Violet Jessop (1887–1971) überlebte als Stewardess die Schiffsunglücke auf der RMS Olympic (1911), RMS Titanic (1912) und HMHS Britannic (1916).*

ZWEITES KAPITEL

Aber der HERR verschaffte einen großen Fisch, Jona zu verschlingen. Und Jona war im Leibe des Fisches drei Tage und drei Nächte.

Und Jona betete zu dem HERRN, seinem Gott, im Leibe des Fisches.

Und sprach: Ich rief zu dem HERRN in meiner Angst und er antwortete mir; ich schrie aus dem Bauche der Hölle und du hörtest meine Stimme.

Du warfest mich in die Tiefe mitten im Meer, dass die Fluten mich umgaben; alle deine Wogen und Wellen gingen über mich, dass ich gedachte, ich wäre von deinen Augen verstoßen, ich würde deinen heiligen Tempel nicht mehr sehen.

Wasser umgaben mich bis an mein Leben, die Tiefe umringte mich; Schilf bedeckte mein Haupt.

Ich sank hinunter zu der Berge Gründen, die Erde hatte mich verriegelt ewiglich; aber du hast mein Leben aus dem Verderben geführt, HERR, mein Gott.

Da meine Seele bei mir verzagte, gedachte ich an den HERRN; und mein Gebet kam zu dir in deinen heiligen Tempel.

Die da halten an dem Nichtigen, verlassen ihre Gnade.

Ich aber will mit Dank dir opfern, mein Gelübde will ich bezahlen; denn die Hilfe ist des HERRN.

Und der HERR sprach zum Fisch, und der spie Jona aus ans Land.

Lutherübersetzung der Bibel.

TANJA KRAUTWURST
DIE FRAU OHNE MEER

4 Jahre Freitauchen – Eine Trockenübung

400 Millionen Jahre zuvor. Im Devonmeer weicht ein Fisch ins Flachwasser und Feuchtgebiet aus. Es stirbt der erste Lungenfisch.

I. Nasszelle.

Auch wirkte sie seltsam zyanös, blauhaiartig, sie bewässerte alltäglich mit ihrem Kneipp-Gießrohr an der blauen Leitung die Kiemenmündung – sich in die druckgeminderte Wasserummantelung einkleidend, bis ihr das Blut in den Adern gefror, um in Steifigkeit als Vorbote der vermeintlichen Lähmung der Gliedmaßen zu verharren, bis alle Gefäße eisblau aus den Extremitäten hervorquollen wie abgetakelte Wurzelmundquallen, die, ausgelutscht vom Schlund der Tiefsee, selbst ob ihrer Transparenz hohl anmutend obszöne Münder, mit ihren verführerisch aufgeworfenen violetten Lippen wieder jungfräuliche Liebe nach dem flüchtigen Aufblitzen des leuchtfeurigen Irrlichtes einer Defloration im Gewitter einer vermeintlichen Feuerqualle verhießen wie Eisblumen die kristallblütige Reinheit kalten klaren Wassers. Das Gießrohr war Hörrohr war Zapfhahn, sie tankte Atemwasser und goß es in ihr Spritzloch, wie es in ihre Ohrmuschel rauschte.

Bereits unter Vorahnungen leidend, presste ich das Ohr an mein Buddelschiff und hörte tatsächlich das Muschelrauschen, während sie „duschte“. Geräusche, also Luftdruckschwankungen, und Änderungen des Wasserdrucks, also Beute ihres Seitenlinienorgans, wurden eins und verschwammen in einem Rausch aus Luft und Wasser. In dieser Blase liebten wir uns in einer Mund-zu-Mund-Beatmung. In der Nasszelle. Denn nur im Meerwasser beträgt der Sauerstoffgehalt 85,7 %.

Und ein Schiff mit acht Segeln
Und mit fünfzig Kanonen
Wird liegen am Kai.

34. Woche vor der Geburt. Im Fruchtwasserozean formen sich Rippen um eine Lungenanlage und Kiemenbögen um eine Kiemennervenanlage. Eine fetale Lunge verwaist und erstickt vor Beginn seiner Zeitrechnung.

II. Stillgewässer.

Eines Tages entdeckte ich ihre Halsfistel, als mein Mund, eine dritte Brustwarze erwartend, stattdessen, nein, als meine Zunge in eine Spalte ihres Genicks rutschte. Jede Kiemenanlage lässt sich doch mittels eines kleinen operativen Eingriffs verschließen. Fortan floh sie regelrecht in der Frühe zum nahen Naturgewässer, tümpelhaft trübselig ergrünte die Algenblüte in dem moderigen Feuchtgebiet, süßlicher Faulschlamm umdümpelte ihre Fesseln, verwesende Hechtgräten zerrissen den hauchdünnen Hautüberzug der hervortretenden unter Hochdruck arbeitenden Gefäße unterer Extremitäten. Versprengsel töricht gelichteter Röhrichtgesellschaften stachen in See, Trockenwiesen verödeten weizenblond rasiert am Flachufer, ab und an platzte ein luftschnappender Haubentaucher mit oder ohne Badekappe durch die blickdichte Wasseroberfläche. Ihr Kiemennervenkostüm war noch intakt, denn ihre Gesichtsmuskulatur entspannte sich erst, als sie untertauchte.

Sie schluckte Luft, ja, sie aß sie. Ab und zu sah ich sie aufatmen, wenn das geräuschvolle Giemen in der Verstärkung der Auskultation in der wassergeschwängerten Luftfeuchte des nebelumwitterten Seeodems umschwang und sich in ein Aufkiemen verwandelte. Sie lutschte Eisen, sie leckte an Rost. Eisen gibt dem Blut die Farbe Rot. Die Wunde entzündete sich pneumonisch. Kann man aus Kiemen bluten? Kiemenblut erschreckt immer wieder die Ichthyologen, die ihre Lungenfische eigentlich nur vermessen oder ihnen ein Salzbad geben wollten. Chronisch entzündete Kiemen neigen bei Fangstress zu Abstrengungsfissuren in den Kapillargefäßen. Man kann aber die Blutgerinnung beschleunigen. Sich in die druckgeminderte Wasserummantelung einkleiden, bis das Lungenblut erstickt, um in Steifigkeit als Vorbote der Lähmung der Gliedmaßen zu verharren, bis alle Gefäße eisblau aus den Extremitäten hervorquellen.

Im Stillgewässer bleibt ein Eisenatomkrieg zurück, es färbt sich ihr expiratorischer Spitzenfluss rot, den sie in den See mündet. Dieser Hauch eines Luftstroms verklickt die Flossen der Fische darin zu Windfähnchen.

Um es ihr nachzuempfinden, besorgte ich mir eine Taucher-maske und schaute durch das Glas in den und die See. Mich beschlich die Ahnung eines Atavismus. Konnte ich mit ihren Augen sehen? Meine Glaskörpertrübung entglitt mir, all die in dem Glaskörper schwimmenden umherirrenden herumschweifenden wimmelnden Mücken stachen mir nun nicht mehr ins Auge, sie verwandelten sich in auftriebsame Kokken und Stäbchen, vorbeiströmende Einzeller, Rädertierchen und Panzergeißler, vorübertreibendes Piko-, Nano- und Mikroplastikplankton. Mich gruselte es, ich ging an Land und besann mich meiner Kondensationskollagenfibrillen – und meiner geschwärzten Augengläser.

Und das Schiff mit acht Segeln
Und mit fünfzig Kanonen
Wird beschießen die Stadt.

Übergang zum Erdmittelalter. Es sterben Massen der Doppelatmer aus. Es überlebt ein Fischreptil, das ontogenetisch seine Phylogenese nachspielt. Äußere Larvenkiemen paaren sich und gebären die Fischlunge.

III. Flachsee. Brackwassermeer.

Auch wirkte sie seltsam akrozyanös bei Sonnenuntergang. Blaulippig, violett leuchtende Keratinplatten auf Fingerkuppen und Zehenspitzen, konnte ich ihren Delphinidin-Eisen-

Komplex chemisch formulieren, schnell benetzte ich sie mit heissblütigen Körperflüssigkeiten, da sie mir wie von einem geheimen unbemerkten Aufenthalt im kalten klaren Wasser unterkühlt bis zur Frostbeulenextremität erschien. Kann eine Seelunge mit ihrem luminösen Schleim eine Meduse und zugleich fluoreszierende Flut voller Leuchtfeuer letaler Lethestrudel sein, die mich irrlichternd umnachtend aufs offene Meer Pelagia treibt? Mit dem römischen Militärarzt Dioskurides kriegsfange ich diese Pulmo marinus, verarbeite Pelagia noctiluca frisch und lege sie auf die Frostbeulen auf.
An Ost- wie Westsee baute ich ihr Sandburgen, Schutzwälle, Sichtblenden, damit sie, blickdicht schuppenflechtiger Fremdkörper inmitten einer Freikörperkultur epilierter schamloser Dörrleiber, die Hülle ihrer potentiellen Leibesfrucht ausblutete, ovipares Beweisgekröse meines greisen Zagels, spie sie Blut, war es Meerwasser schlechthin, genauso salzig und mineralienreich. Mein Kompass schlug aus. Ich nahm die Passage, weil das Speigatt bereits pollutionär entglitten war, geschmeidig. Ein echter Seemann sticht auch ins Rote Meer.

Und das Schiff mit acht Segeln
Und mit fünfzig Kanonen
Wird beflaggen den Mast.

4 Jahre Apnoetauchen. Die Amnionmeere sind ausgetrocknet. Es stirbt sich in der Klimakatastrophe Klimakterium.

IV. Aquarium, der See im Glase.

Zum Sterben durstig –

war sie, und doch trank sie kein Wasser, sie schluckte Luft, ja, sie stürzte sie wie aus einem unsichtbaren Schierlingsbecher die wunde Kehle hinab, Dehydration war die Folge, Blähbauch, Blählunge. Der See in der Blase ist tot, das Tote Meer ist ein durstiger Salzsee. Er trocknet aus. Der Seemann strandet, der Milchner ortet nur einen ausgestillten Meerbusen, sein Einbaum erleidet Bruch. Der Bruchsack füllt sich flüssig, ein trügerischer Sündguss, die Metamorphose zum Hippokampos mit gefüllter Bauchtasche noch evolutionäre Avantgarde. Wie übersteht man diese Trockenzeiten? Trockenzeiten ohne Zervixschleim. Atemnot ohne Freiluft.

In Erstarrung, die mehr als vier Jahre andauern kann, ein vier Jahre währendes Apnoetauchen als Trockenübung, vermodert der Lungenfisch in seinem eigenen Schleimsteif. Ein kaum wahrnehmbares Atemloch bleibt. Es bleibt frei und ist doch verschließbar.

Und das Schiff mit acht Segeln
Und mit fünfzig Kanonen
Wird entschwinden mit mir.

Um die Sommerszeit. In einer kleinen Fjordstadt im nördlichen Norwegen.

ELLIDA. *Wenn man einmal ein Landgeschöpf geworden ist – so findet man den Weg nicht zurück – hinaus ins Meer. Und auch nicht zum Meeresleben.*

BALLESTED. *Aber das ist ja accurat wie mit meiner Meerfrau! Nur mit dem Unterschied, daß die Meerfrau – daran stirbt. Die Menschen hingegen – die können sich ak-kli-matisieren!*

ELLIDA. *Ja, in Freiheit können sie es.*

Das ist es eben.

Der große Dampfer
gleitet lautlos
über den Fjord.

Ende.
[DIE FRAU VOM MEER, Ibsen]

MATHIAS JESCHKE

Coram iudice et in alto mare
in manu dei solius sumus.

Den Seesack bestücken fürn Ritt in die dänische Südsee.
Nimm nichts, reise leicht!, das Tabori'sche Motto.
Und wars nicht früh dein eskapistischer Plan –
noch grün hintern Ohrn – einen Hafen zu suchen,
hinauszugehn auf Meeren dieser Welt,
vergessen zu werden von zurückbleibend Zurückgebliebenen,
Wellentäler durchwallend zu verschwinden,
nicht mehr ausgemacht werden zu können
von irgendeiner erhöhten Küstenregion,
einer staksigen Steilküste,
wo bittre Tränen vergossen werden von denen,
angewiesen auf die schöne Zuwendung derer,
die sie so überaus glücklich verließen. Aye!
Also, bitte: Nennt mich Ismael!
In die Hände gespuckt und rauf mit den Plünnen!
Klau halten, Piek schneller. Und belegen!

Großes Palaver aufm Nonnendeck in Sachen Gerechtigkeit.
Und in der Kombüse braut der Smut über Stunden hinweg
die beste Tomatensoße, die du je aßt.
Der auch den Anleger ansetzte, schwarzen Lakritzschnaps,
wird nach geglücktem Anlegemanöver
in abendmahlsmäßiger Manier verteilt.
Kommt dir das Wasserglas voll Rum ins Hirn,
den du auf der englischen Fregatte kipptest
auf die Hochzeit von Prinz Andrew
und seiner sommersprossengesprenkelten Sarah,
immer noch voll im Vorabendrausch.
Rezepte verriet er nicht, der Quäker.
Aber der Gerechtigkeit fiel ein Kuckucksei ins Krähennest:
Wir mussten die Havarie, das Dümpeln schlucken.
Die heiß gelaufene Welle konnten wir
mit in der Bilsch entdeckten Teilen heilen.

Der Holyman an Bord, ein Spezialist
für feinst gesponnenes Seemannsgarn,
verloren gegangner Prediger.
Erzählt mit jüdischem Humor seine Stories
in Melville'scher Vielfaltigkeit.
Auch Käptn Ahab ist tiefstes Altes Testament.
Du liegst in der Koje, schläfst, wie Jona, wie Jesus.
Die See, die dich mütterlich wiegt
und immer wieder neu heraushebt aus deinem Trauma.

Schot und Fall klar?
Die Flaggen deiner Vergangenheit wehn glatt in steifer Brise,
die nun bald schon Sturm genannt werden will.
Ihre Zeichen? Kreuz, Herz und Anker,
den Tätowierungen auf deiner Herzwand gleich.
Lass dich nicht für dumm verkaufen, mein Junge!
Immer eine Hand für dich und eine Hand fürs Schiff.
Im Anker das Kreuz: Halt und Leid zugleich.
In welchem Port machst du dich fest?

Erst blitzt ein Messer, dann ein Witz
und einer atmet erleichtert auf.
Lieber ein lachender Mund, als eine klaffende Wunde!
Dann knall mal lieber gewaltig das Schott!
Besser als die Faust zu gebrauchen,
man weiß ja nie, wie sowas dann ausgeht.
Der Maat prokelt mit'm Marlspieker an nem Knoten rum,
das gäb ne schöne Wunde ...!
Er hat die Kombattanten im Blick,
er sieht.

Wer wirft es über dich, das Los?
Ist es der Gerechte selbst, der dich ins Netz gewann?
Du stehst bereit an Oberdeck, parat.
Nenns nicht Befehl, nenn es Berufung!
An Schot und Fall wirst du gebraucht.
Aye! Ich bin zu Handen. Alright, dann klar bei Fall,
den Außenklüver, rauf mit ihm! Die Klüsen auf!

Was du hier siehst, ein Fall für den Gedächtnispalast,
der verknüpft sich mit deiner Lektüre
der Nemo'schen Meeresbibliothek,
durch die du dich in vier Jahrzehnten fraßt.
Nun bist du selber wieder mittendrin,
schwimmst erneut in schwanker Welt,
in der du dich so heimisch weißt,
wie konntest du so lange fort sein von Zuhaus?

Hör zu, mein Sohn, ich bin dein Vater, spricht die See.
Wenns Segel killt, hol dicht die Schot!
Ich bin deine Mutter, singt die See.
Es geht um dein Herz, mein Sohn,
das Wellen braucht und Wind.
Das Wellen bricht. Denk an die Häfen,
in denen du – noch jung –
die Haut der Mädchen studiertest
in den stillen, waldigen Winkeln von Ålborg und Lissabon.
Denk an die Männer, mit denen du die enge Kammer,
später auch die Zelle teiltest.
Saßt ihr an Oberdeck, dann kreisten Flaschen, Zigaretten.
Am frühen Morgen halft ihr einander aus Taurollen heraus,
um pünktlich zum Dienst zu erscheinen.
Und nie hat dir jemand gedankt,
dass du die Böden der Bordtoilette gereinigt hast von allem,
was danebenging bei zwölf Beaufort in der Biskaya.

Dein persönliches Segel, der Außenklüver,
er hat dich erkoren, an ihm hast du dich gemessen und erprobt.
Das Tau in deinen Händen singt dir von Wirklichkeit,
hier lebt die Welt auf, atmet und wird licht,
der Reif um deinen Brustkorb bricht.
Der Maat ist Realist, er weiß, wen er fragt.
Auch er trägt einen Bart.

Die weißen Segel üppig mit Licht der Sonne gefüllt,
als wäre sie die erste Antriebskraft.
Sonne und Sterne, Positionslaternen der Fischerboote,
ein Himmel, der dich fängt, der dich vernetzt,
und Wellen, die erzählen vom richtigen Leben, vom up and down.
Der Wind, ein Orgeln wie von Käptn Nemo, Davy Jones.
Komm wieder, Junge!, ruft die See.
Komm wieder, lass uns tanzen – noch einmal so eng!
Ich kenn dich, ruft sie laut,
ich werd dich erkennen, erklären, erläutern, mein Junge.
(Ich bin die wilde Enzyklopädie, du ein Artikel in mir.)
Komm nur bald wieder!

(Himmelfahrtstörn auf der »Albert Johannes«,
einem Dreimast-Gaffelschoner, 14.–17. Mai 2015)

JOHANNES HIELSCHER
MEIN NASSER PLANET

Tarkovskij-Prospekt, Baumscheiben konfisziert oder versickert, verbogene Laternen, acht einsame Spuren giftigen Asphalts umfassen eine unerbittlich überlebte Oberleitung. Diese großen schrillen Tafeln, die sie jetzt überall aufgestellt haben, zwischen ihnen hindurch kreischt die Anonymität der Überreste autokratischer Großstadtprojekte umso lauter ihr stummes Lied. Es war der Heimweg, knarzend verwahrlostes Kunstleder. Schräg kriechen die Tropfen durch den Nebel auf den Plastescheiben, die im Puls des Diesels schrannen. Sonst keine Wägen auf den Straßen, keine Seelen hier im Omnibus. Die Zerrbilder der fernen Häuser drehen sich in den Tropfen mit der Fahrt andersherum und auf dem Kopf mit. Mein nasser Planet.

Am Jahrmarkt hatte es eine Bude gehabt, wo sie ein ganz sonderbares Stück gegeben haben: *die Wirklichkeit.* Da stünde ihm die Seidenstraße offen, ganz durch bis zum Großen Kanal, die Nebelberge von Kerala, Borobudur und Würgefeigen in Angkor und Kyoto und Dschunken im Gelben Meer, aber er? wolle nach Amerika, nach Peru oder da in den Dschungel von Ecuador, El Dorado, der törichte alte Schwärmer. Mit dem sprichwörtlichen ›Bananendampfer‹ (nur, falls ihn ein weiser Indio fragen sollte, im Rausch von Pfeifchen und Stechpalmensud, mit etwas durch die Nasenlöcher gefädelt, warum er nicht die lange Zeit auf See genutzt habe, um zu erfahren, was eine *absolute* Zeitspanne sei, und warum die Zeit, *ebendiese Zeit* der Schatz gewesen wäre, auf dessen Fersen er gewesen sei). Er stünde für den naiven fortschrittsgläubigen Abendländer, der seinen durstigen Spieltrieb in die stabilen Gefüge erwachsener Kulturen einbricht. Manche Sachen werde er tun, weil er sie für möglich halte.

Die Drakestraße, zwölf Beaufort und gelegentliche Eisberge, das machte jeden zum Kaphoornier, knüpfte in jene sonderbare Möbius-Bande ein, unerheblich ob Seemann oder Schiff. Die letzten Fregattvögel hatte man vor Wochen kreuzen gesehen. Sonne zwinkerte uns, selten genug, durch ein Ozonloch an. Unter Deck, das Salz stob über die winzigen Bullaugen, wollte die Westwinddrift uns sagen, dass es keine richtige Richtung gibt.

In die Seile?

Sie brauchen mich. Wir sind doch unterwegs, es heißt ›Wir‹, schon richtig! Ich bin hier, um jetzt da zu sein. In die Seile. Die Zerrbilder der fernen Wellenkämme drehen sich in den Tropfen mit der Fahrt andersherum und auf dem Kopf mit.

Was will ich dann *dort*, in Amerika? hinter dem schäumenden Horizont? Ankommen? Angekommen sein? Was will ich denn, als zurück – zurück zum Weg –

Warum bin ich nicht besessen?

Wege mögen existieren, um aus der Reichweite der eigenen Nussschale hinauszureichen. Viel! größer als die Vorräte an Bord, dort, wenn man an Land ist, in die kahmige Spätphase eines wahrscheinlich überschätzten Zweitwelt-Staates hinein, aber doch von der gleichen! Endlichkeit gejagt. Wenn man in Gesichter schaut, die von der feuchten Taubheit nie enden wollender Nächte unterlaufen sind, in die Gesichter derer, die in der Zeitung mit morbider Vorliebe die Todesanzeigen lesen, in die kleinen, nahe zusammenstehenden Augen von Sadisten, die sich hinter Dienstwegen und Kaderlogik verstecken können. Ich aber kaue meine Sonnenblumenkerne, es würde ein »Auftragswerk« sein, souveräner Triumph der Vernunft. Ich aber bin die nüchterne Erkenntnis, für die gutgläubige Kunstkritiker das Wort »Minimalismus« erfunden haben, dem Spielen mit der metaperformativen Verdichtung usf., ich aber dürfte alldavon gar nichts wissen, promethischer Zunder. Heimeliger Trost der real existierenden Bürgerlichkeit.

Was, wenn uns hier jemand hören kann?

Meinst du? Du lässt dich aber auch recht leicht verunsichern, mein Lieber!

Du weißt nie, wer zuhört! Nie, ob du der innen bist oder der außen. Sich auf alles vorzubereiten, in allen Ehren, doch die Wirklichkeit ist toller denn jede Fantas –

Es unterbrach ein Ruf mit einem Vibrato, wie es bei der Routine an Bord eigentlich nicht hätte sein dürfen. Da hinten, die Gottschalk-Insel! – so sprechen die Karten, so zerknittert sie hier sind und voll von weißen Flecken. Man meint sie zu *hören*, ihre Walrosse und Pinguine, ihre Albatrosse und ihre Gischt. Heute werden wir es wieder nicht schaffen. Als ob – der Wettergeist von irgendeinem animistischen Aberglauben es versehentlich für eine Beschwörung, Opfergabe, Huldigung gehalten hat. Der Steuermann und seine Wetterberichte, zu beneiden ist er nicht. Es ist ein schwacher Trost zu wissen, dass wir raten müssen. Heute werden wir dann wohl wieder nicht schlafen.

Fockschot fieren. Kein Grund, nach Anachronismen zu fragen. Kein Grund, keine Zeit zu haben. Ich habe es aufgegeben, das Unmögliche verhindern zu wollen. Dieser Regen verwandelt die Aralkum in den farblosesten Ort der Welt. So hart und schwarz, und brennt auf den Lippen. Der Horizont löst sich auf. Aus einem unerbittlich überlebten Rumpf weinen rostige kyrillische Buchstaben, braunrot schäumen Pfützen auf dem durstigen Boden, er fragt schon lange nicht mehr, wer hier beraubt wurde. Das letzte Ufer hatte man vor Wochen zerbröckeln gesehen. Ich bin auf dem Heimweg. Mein nasser Planet.

JÜRGEN SCHWANDT
TEXAS BAR

41° 31' N ++ 33° 50' W ++ Nordatlantik, etwa 500 Seemeilen südöstlich von Neufundland ++ Frachter »Franziska Sartori« ++ 9. Dezember 1955

Dieser Sturm ist anders, wilder, wütender als alles, was ich bislang erlebt habe, und kein Offizier muss uns den Befehl geben, die Blenden vor den Bullaugen zu verschrauben. Als Seeleute auf einem Schiff der Linie Hamburg–Chicago sind wir es gewohnt, dass der Nordatlantik im Herbst sein Spiel mit uns spielt, doch diesmal können wir uns kaum mehr auf den Beinen halten. Harte Schläge gehen durch das Schiff, das durch die Wellen schlingert, beinahe umgeworfen wird, und wenn es in ein Wellental eintaucht, jaulen die Maschinen auf, weil die Schraube frei in der Luft dreht. Die Schreie des Sturms sind zu hören, sonst ist es still an Bord. Alle tragen Ölzeug, weil es in jedem Moment einen Einsatz geben kann, wir klammern uns irgendwo fest oder liegen in den Kojen.

Als letztes Schiff sind wir mit dem Frachter »Franziska Sartori« von den Großen Seen gekommen, auf denen bereits eine Eisschicht liegt. An den Schleusentoren, die festzufrieren drohten, kam es zu einem Wettlauf gegen die Zeit und wir halfen dem Personal, die Kammern mit langen Stangen von

Schollen zu befreien. Keiner der 24 Seeleute an Bord mochte mit dem Schiff einfrieren und im großen Kühlschrank Kanada überwintern. Nach der letzten Schleuse, Montreal, übernahmen wir eine Ladung Munition, bestimmt für die Arsenale der Nato, Zielhafen Bordeaux. Ein Eisbrecher schob uns den Weg bis zum »Father's Point« an der Mündung des St.-Lawrence-Stroms frei, dann erreichten wir die offene See.

In den frühen Morgenstunden des 9. Dezember 1955 dreht der Wind von West, Beaufort fünf, auf Südsüdost und frischt immer weiter auf. Gegen Mittag messen wir bereits mehr als zehn Beaufort, weiter zunehmend. »Wasser über Deck, Luken und Aufbauten«, vermerkt der Kapitän im Schiffsjournal. Kurz nach fünf erreicht der Sturm Orkanstärke.

Das Schiff kämpft mit den Wellen, Brecher schlagen auf Back und Luken, das Schiff taumelt mit langsamer Fahrt voran, durch die schwerste See, die ich je erlebt habe. Ich warte in der Mannschaftsmesse ab und rauche. Niemand spricht, denn es gibt nichts zu sagen.

Dann: ein furchtbarer Schlag! Das Licht geht aus. Die Maschinen laufen nicht mehr. Es ist still und dunkel, und ich spüre, dass wir quer zur See treiben. Über das Bordtelefon versuche ich, die Brücke zu erreichen, doch die Leitung funktioniert nicht. Und jetzt? Als dienstältester Matrose fühle ich mich verpflichtet nachzusehen, ob ich helfen kann. Ich will versuchen, von achtern nach mittschiffs zu gelangen und taste mich im Schein einer Taschenlampe durch die Quartiere. Stimmen sind in der Dunkelheit zu hören, man kann Besorgnis, auch die Angst heraushören, doch Angst lasse ich nicht zu, erlaube ich nicht, denn dafür ist nun keine Zeit. Durch den Ausgang der Kombüse trete ich hinaus aufs Achterdeck, wo mir der Orkan den Atem nimmt, es ist, als wolle er in seiner Wut alles Leben davonreißen. Das Meer und die Gischt und die Luft vermischen sich, die Sicht ist minimal. Man fühlt sich manchmal so winzig, so klein und so unbedeutend auf See, besonders aber in einem solchen Moment. In diesem Inferno, in dem einem die Macht des Ozeans bewusst wird.

Ich greife nach den Sprossen der Leiter, die hinauf zum Bootsdeck führt, auf dem wir in Erwartung des Orkans Strecktaue gespannt hatten. Ich studiere die See: Um die Luken zu überqueren, muss ich einen günstigen Moment abpassen. Als ich mir einbilde, einen gewissen Rhythmus im Chaos der Wellen zu erkennen, laufe ich los, mit beiden Händen am Tau. Ich schaffe es nicht. Ein Brecher trifft mich, zerrt an mir, doch ich lasse das Strecktau nicht los. Wie unter Betäubung und bis auf die letzte Faser durchnässt schaffe ich es mittschiffs, doch wie genau ich dorthin komme, weiß ich nicht. In manchen Momenten übernimmt der Instinkt, zu überleben.

Knietief steht Wasser in den Betriebsgängen, ich wate voran, bis ich die Brücke erreiche. Oder besser gesagt das, was von der Brücke übrig ist: Eine Welle hat ein Loch ins Eisenschott geschlagen, die Zwischenwände zur Funkbude und zum Kartenraum sind eingedrückt oder fortgerissen, die Verschalungen fehlen, sind zersplittert, von den Wänden und von der Decke gerissen. Aus abgetrennten Leitungen knistern Funken und ich muss unwillkürlich an die Ladung in Luke 1 denken, an die Munition für die Nato. Aus Furcht vor einem Schiffsbrand hat der Kapitän die Elektrizität abschalten lassen.

Die Schatten mehrerer Männer sind zu erkennen: Neben der Wache, dem Dritten Offizier und zwei Matrosen, sind der Alte, der Erste Offizier und der Chiefingenieur auf der Brücke.

In ihren Gesichtern erkennt man noch den Schrecken, sie sind durchnässt, einigen hat der Sog des Wassers Kleidungsstücke vom Leib gerissen. »Auch der Salon steht unter Wasser«, raunt mir jemand zu. Brecher haben die Fenster der Kapitänsunterkunft und sämtliche Fenster der Passagierkabinen an Backbord eingedrückt, die Offizierskammern sind überflutet und wir nehmen viel Wasser. Das Schiff legt sich immer wieder bis zu 45 Grad auf die Seite. Notdürftig versorgen wir die Verletzten: Einen Leichtmatrosen, der sich nahe der Tür des Ruderhauses aufhielt, schwemmte das Wasser hinaus auf die Brückennock und beinahe außenbords, was seinen Tod bedeutet hätte. Mit Glück gelang es ihm, sich am Peilkompass festzuhalten, doch er brach sich dabei das Handgelenk. Der Chief hat eine Schalttafel ins Kreuz bekommen, kann nicht mehr gehen und klagt über starke Schmerzen, doch am schlimmsten traf es den Ersten Offizier. Sein Schlüsselbein und der Oberarm sind gebrochen, die Wunde blutet stark.

Mit dem Kartenraum ist auch die Bordapotheke zerstört worden, was bedeutet, dass den Verwundeten ein Martyrium bevorsteht. Wir müssen ihnen zumindest ein Krankenlager bereiten, und ein anderer Matrose und ich tasten uns durch die schwarzen Betriebsgänge, in denen Wasser schwappt, in Richtung der Passagierkammern. Nur der Schein einer Taschenlampe bietet notdürftiges Licht, und wenn eine Welle das Schiff trifft, werden wir gegen die Wände geworfen. Unsere Rechnung geht auf: Die Matratzen in den Oberkojen sind einigermaßen trocken. Wir tragen sie in den Maschinenraum und breiten sie vor dem Fahrpult aus, dem einzigen trockenen Ort, den wir finden können. Dann tragen wir die Verletzten dorthin, ein schwieriger Transport, der Erste Offizier wimmert vor

Schmerzen. Mangels Medizin muss ein großer Schluck Cognac als Notversorgung genügen.

»Wer bezahlt das denn?«, erkundigt sich der Steward, als ich die Flasche öffne.

Eine Antwort erhält er prompt, und meine Faust trifft ihn präzise auf die Nase.

Ich habe Mitleid mit dem Zweiten Ingenieur, den wir an Bord den »Opa« nennen, einen alten Mann, kurz vor dem Ruhestand; er steht unter Schock und hockt, den Kopf auf den Armen verschränkt, auf seiner Matratze. Tränen laufen über sein Gesicht.

Ich taumele zurück auf die Brücke. Es ist ein schreckliches Gefühl, hilflos zu sein, nur zusehen zu können, was die See mit uns treibt. Die Wellen kommen mit der Größe von Häusern und zerschlagen das Schiff. Von der Ausrüstung ist so gut wie nichts übrig, immer mehr Fenster splittern, immer mehr Wasser dringt ein, doch wir können ohne Strom nicht die Pumpen anwerfen und lenzen. Die Rettungsboote sind demoliert, aber das ist egal, denn sie werden uns in diesem Wetter nicht helfen, wenn wir sinken. Und der Wind lässt nicht nach, er schreit und pfeift und peitscht die Gischt über die Masten, dass wir das eigene Vorschiff nicht erkennen können.

Ob ich Angst empfinde? Nicht im herkömmlichen Sinne, obwohl der Tod so nahe ist.

Bei jeder der riesigen Wellen, die auf uns niedergehen, denke ich: »Das war es jetzt.«

Doch dann richtet sich die »Franziska Sartori« zitternd wieder auf, schüttelt mit einem Beben des Stahls die Tonnen von Wasser ab, und ich denke: »Dieses Mal also noch nicht.« Und schon rollt der nächste Brecher heran, in jeder Minute einer, wie eine Art russisches Roulette. In jeder Stunde wird der Hahn sechzig Mal gespannt und jedes Mal kann alles vorbei sein. Gegen Mitternacht lässt der Orkan schlagartig nach. Kein Windhauch geht mehr, es ist unwirklich, nur die Schläge der Wellen sind zu hören, und die Stille schmerzt beinahe. Wir sind im Auge des Sturms.

Zwanzig Minuten lang herrscht Ruhe, dann setzt die Kakophonie wieder ein, mit voller Lautstärke und von einer Sekunde auf die andere. Der Wind kommt nun von achtern und es dauert nicht lange, bis sich durch die gegeneinander wirkenden Kräfte von Wind und Wellen eine besonders gefährliche, kurze Kreuzsee aufbaut.

Als wir um 5 Uhr morgens noch leben, kehrt die Hoffnung zurück. Können wir es schaffen? Mir scheint, als verliere der Orkan an Härte, und tatsächlich nimmt die Windstärke im Laufe des Vormittags ab. Nun gilt es, Unterstützung zu rufen. In der zerstörten Funkerbude finden wir den Notsender eines Rettungsboots, einen schwimmfähigen Kasten, der nur S. O. S. und einen Peilton aussenden kann. Dieser kleine gelbe Kasten ist unsere einzige Hoffnung, denn von der Funkanlage ist nichts übrig und die komplette navigatorische Ausrüstung – Seekarten, Chronometer, Sextant, Funkpeiler, Radar – ist nicht mehr zu gebrauchen. Wir sind gewissermaßen blind, taub und haben nur eine leise Stimme. Sollte der Orkan wieder an Stärke zunehmen oder der nächste Sturm nahen, haben wir keine Chance.

Ich klettere in den Mast und bringe eine Notantenne an, und dann beginnen wir, mit einer Art Dynamo, der mit einer Handkurbel betrieben wird, Strom zu erzeugen, um das Signal auszusenden. Die »Franziska Sartori« rollt so stark, dass der

Mann an der Kurbel von mindestens einem Matrosen gestützt werden muss.

Wird uns jemand hören?

Gegen Nachmittag taucht hinter den Wellenkämmen ein Schiff auf, das auf uns zuhält, ein großes Schiff, der amerikanische Truppentransporter »Blue Jacket«. Erleichterung ist zu spüren, doch niemand jubelt, jeder freut sich still für sich, vielleicht gehört das zu falscher Männlichkeit. Das Kriegsschiff setzt sich in Luv, als eine Art schwimmender Windfang, und man lässt Öl ab, um die See zu beruhigen. Dringend benötigen die Verletzten die Hilfe eines Arztes oder zumindest Medikamente, doch an das Aussetzen eines Rettungsbootes ist in dieser Dünung nicht zu denken. An Bord der »Franziska Sartori« laufen die Aufräumarbeiten, auf der Brücke beseitigen wir die gröbsten Schäden und es gelingt den Mechanikern, die Maschine wieder klarzumachen. Mit langsamer Fahrt geht es voran, immer im Windschatten der »Blue Jacket«, die uns den Weg weist und mit der wir uns über Flaggensignale verständigen. Den Plan, einen Nothafen auf den Azoren anzulaufen, verwerfen wir, als wir erfahren, dass sich das nächste Tiefdruckgebiet aus dieser Richtung nähert.

Über Funk arrangieren unsere Helfer von der Navy ein Treffen mit einem portugiesischen Tanker, der nach Lissabon will. Auf einem nördlichen Kurs gelingt es, das Schlechtwettergebiet zu umfahren, wobei sich der Frachter im Wind mit bis zu 30 Grad auf die Seite legt und heftig in der Dünung rollt. Wir können nun aber schlechtes Wetter von sehr schlechtem Wetter unterscheiden und es ist ein beruhigendes Gefühl, ein anderes Schiff in der Nähe zu wissen. Für die Verletzten beginnt eine Zeit der Qualen, denn es soll eine Woche dauern, bis wir die portugiesische Hauptstadt erreichen: in jedem Wellental reiben die gebrochenen Knochen gegeneinander. Der Erste Offizier wimmert vor Schmerzen, leidet furchtbare Schmerzen, und alle an Bord empfinden Mitleid mit ihm.

Als wir endlich an einem Freitagabend in Lissabon einlaufen, warten Krankenwagen unter Blaulicht an der Pier. Wir tragen die Verletzten von Bord und lassen uns sofort den Vorschuss auf unsere Heuer auszahlen, so viel Geld, wie wir in Escudos bekommen können.

Es ist Zeit, unsere Wiedergeburt zu feiern.
Am Klischee, dass ein Seemann in jedem Hafen ein anderes Mädchen kennt, dass Alkohol und ein großspuriges Auftreten zu seiner Existenz gehören, ist manches wahr. Jedenfalls ist das die sichtbare Seite. Unsere Kämpfe mit der See, die Leiden im Sturm, die Furcht, die harte Arbeit – all dies bleibt hinter dem Horizont verborgen. Wie wir feiern, mag bürgerlichen Konventionen nicht entsprechen, aber es hilft, mit den Ereignissen fertigzuwerden und den Druck entweichen zu lassen.

In jedem Hafen wiederholt sich ein Ritual, wie es später, als die Schiffe nichts anderes als computergesteuerte Container-Expresse sind, kaum mehr möglich sein wird: zügig duschen, frische Kleidung anlegen, hastig essen und dann Ausschau nach dem nächstgelegenen Kirchturm halten. Meist befanden sich die Kirchen im Zentrum der ältesten, baufälligen Viertel, in denen das Rotlicht schimmerte. Nicht selten versetze ich meine Lederjacke, meine Uhr oder alles Mögliche, das irgendwie von Wert war, um ausdauernd feiern zu können. Vom brasilianischen Schriftsteller Jorge Amado stammt die Weisheit: »Es ist unmöglich, mit allen Frauen der Welt zu schlafen, aber man muss es wenigstens versuchen.« Während meiner Zeit auf See versuchte ich, diesen Rat zu beherzigen.

In jedem Hafen gibt es ein Etablissement, das jeder Seemann kennt: »John Bull« in Piräus, »El cadro negro« in Bilbao, das Rotterdamer »Walhalla«, das »Theatre Schanghai« in Havanna, den »Silbersack« auf Sankt Pauli. In Shanghai fährt in den 1950er-Jahren »Susi's Rolling Bar« vor, ein umgerüsteter Londoner Doppeldeckerbus für den zügigen Verkehr: Im Untergeschoss befindet sich eine lange Bar, an der man die ersten Drinks kippen und Kontakt zu den Mädchen aufnehmen kann, um dann im Obergeschoss in einem kleinen, nur durch einen Vorhang abgetrennten Abteil zu verschwinden. In vielen Absteigen, meistens Altbauwohnungen, in denen mehrere Mädchen miteinander leben, geht es damals auf eine Art familiär zu. Von der Puffmutter, einer verlebten, älteren Hure, die wie nach einem geheimen Dresscode meist ein Nachthemd mit tiefem Dekolleté trägt, nachts um vier einen Teller Gemüsesuppe serviert zu bekommen, ist keine Seltenheit. In den meisten Häfen bin ich praktisch mit einem Mädchen »verheiratet«: Jeder Versuch, sich beim nächsten Besuch mit einer anderen Liebesdame zu vergnügen, führt zu Empörung im Puff.

Was in jenen Nächten im Dezember 1955 in Lissabon geschieht, ist die härteste, chaotischste, orgiastischste Party, die mir bekannt ist. Die Mannschaft der »Franziska Sartori« besetzt ein ganzes Bordell, die »Texas Bar«, ein komplettes Freudenhaus mit etwa einem Dutzend Mädchen. Der Alkohol fließt wie niemals zuvor. Es ist keine Feier im eigentlichen Sinne, es ist eher eine Explosion, ein Schrei nach Leben, der drei Tage dauern soll. Von umgerechnet 500 D-Mark, die jeder von uns erhielt, ist nichts übrig, als wir wieder an Bord schleichen.

Im Hafen erfahren wir, dass mindestens zwei Schiffe spurlos im Orkan verschwunden sind, ein holländischer Massengutfrachter und ein kanadischer Trawler, der auf den Grand Banks fischte, südöstlich von Neufundland.

Die Fischer sind uns nahe gewesen, als sie ertranken.

Dieser Beitrag ist ein Auszug aus Jürgen Schwandts Autobiografie, welche im Frühjahr 2016 im Ankerherz Verlag erscheint (mit freundlicher Genehmigung).

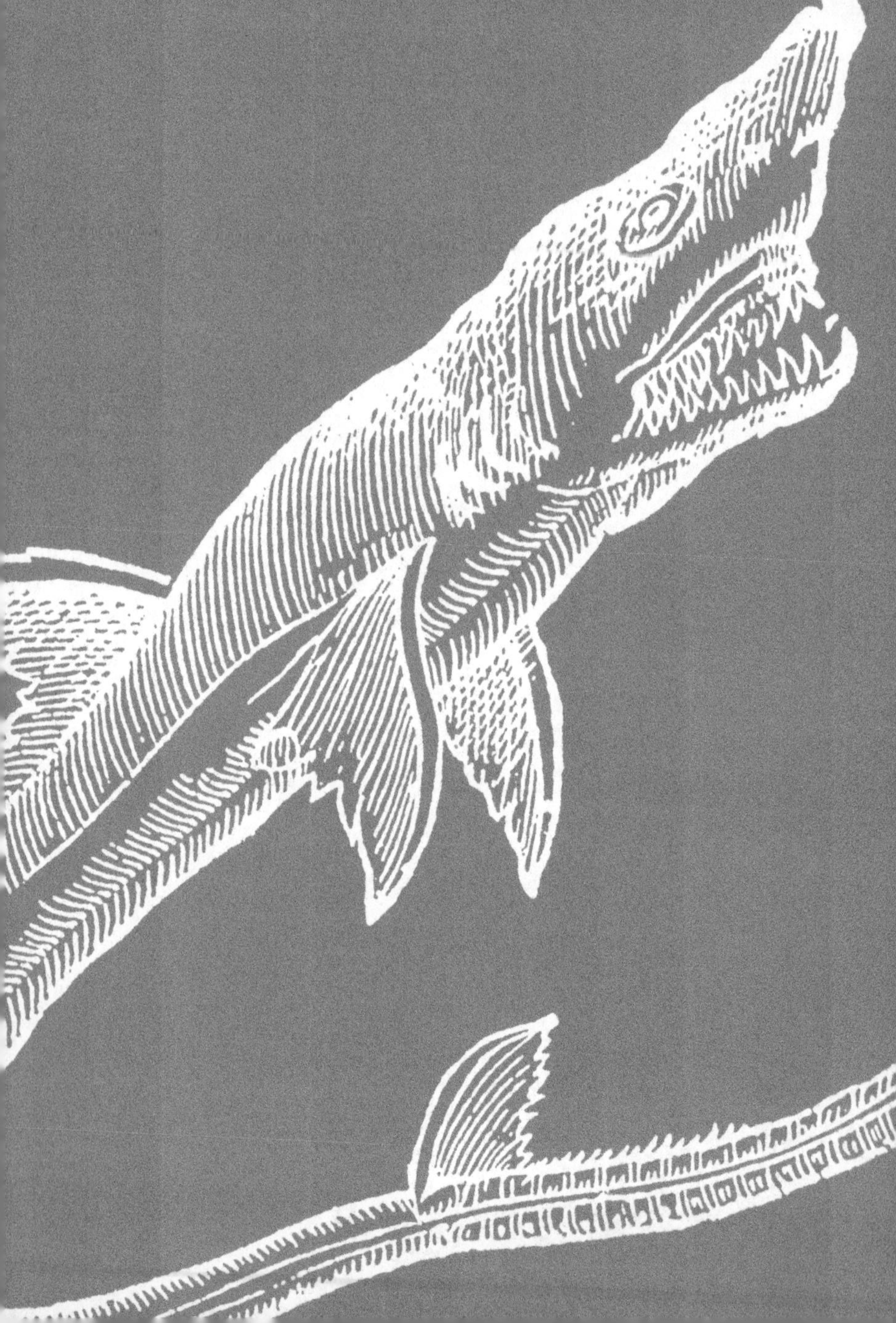

MAN WIRD EINSAM

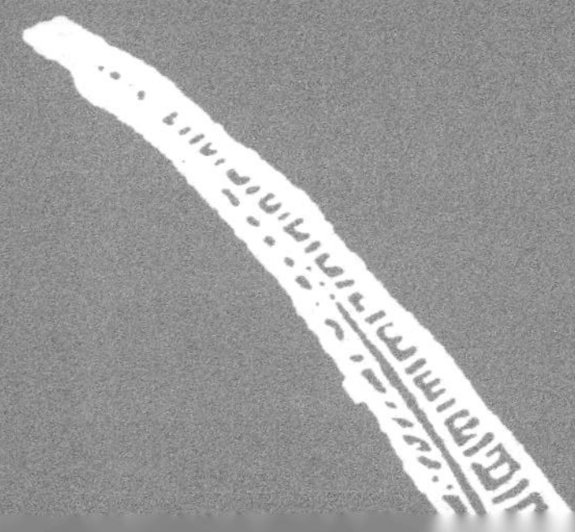

BALTHASAR SPRINGER

Es war Mittwoch, 15. Januar 1505, als wir zu Antorf[1] uns einschifften nach Lissabon, um nach Kalikut zu segeln mit Gottes Hilfe. Und eine Meile von Lissabon bei Rostal[2] haben wir die Schiffe mit Speise, Geschütz und anderer Notdurft gerüstet und versehen bis auf den 25. Tag des März, dem Tage der Verkündung Mariä, in den Osterfeiertagen. An demselben Tage sind wir angesegelt gegen Indien, wohin wir bei 4000 Meilen zu fahren hatten. Und nachdem wir uns im Schiff eingerichtet hatten und hinauszufahren begannen, kam ein wunderbarlicher, grausamlicher Fisch bei Rostal aus dem hohen Meer in den Hafen – der war in der Größe eines jungen Knaben von 17 Jahren, pechschwarz, und hatte nur auf seinem Rücken Fischfedern. Er blies erschrecklich das Meer über Mannshöhe in die Luft.

Und in schnellem Hinsegeln erreichten wir die Küste zu Portugal auf den 26. März. An diesem Tage erschienen der angezeigten Fische viel um unser Schiff in und bei dem Hafen und schwammen herzu. Und auf den andren Tag, den 27. März, schossen die Schiffsleute unbekannten, seltsamen Fisch an der spanischen Küste, den sie ein Dütschin nannten. Der war eines Mannes Länge, an Gestalt einem Schwein gleich, ungefähr vier Gulden bei uns wert, und es hat der Fisch

1 Antwerpen.
2 Rastello, das heutige Belem.

wie ein Eber am hintern Teil seines Leibes ein groß Geschröt und vorn an seinem Mund einen Schnabel, gleich einem Vogel, doch von breiterer Form, und in seinem Maul hat er viel kleiner scharfer Zähne. Mit diesem Fisch wurden in einem Tag hundertsechsundzwanzig Menschen gespeist, und ich habe selbst davon gegessen.[3]

Auf den dritten Tag des April, das war St. Ambrosiustag, kamen wir zur Küste von Guinea. Da fuhren wir längs der Mohren oder Schwarzen Land in einer Entfernung von zwölf oder fünfzehn Meilen hin. Da sahen wir denselben Abend und den Tag darauf viel großer grausamer Walfische, einen immer länger als den andern. Auf den sechsten Tag fuhren wir zu Schiff ans Land nach dem Kap Verde; da fingen wir viel und mancherlei Fisch mit der Angel, als das Schiff im Lauf war. Auf den 7. April fuhren wir auf das Kap Ferre zu in der Mohren Land hinein und warfen unsern Anker aus, drei Meilen von einem Markt, genannt Bessaghiche.[4] Dort wohnt der König der Mohren. Das Volk hat hohle Bäume, auf denen sie fahren, um zu fischen. Ihrer vier fuhren mit zwei solcher Schifflein zu uns und redeten gut in portugiesischer Sprache mit uns, sodass wir einander in allen Verhandlungen wohl verstanden. Wir sahen auch in diesem Königreich und diesen Inseln wunderbar

3 Vermutlich handelte es sich in beiden Fällen um eine Delfinart, den Braunfisch.
4 Bessaghichi, die Hauptstadt der Bissagosinseln.

schamlose Menschen beiderlei Geschlechts untereinander wie die wilden Tiere; etliche bedecken allein die Scham, die anderen laufen nackend herum, ganz schwarz, wie man sie bei uns Mohren nennt. Dort hebt auch der Mohren Land an. Ihre Wohnungen und Häuser gleichen den Hütten, die bei uns zu Lande die armen Leute über die Backöfen machen; diese Häuser können die Einwohner nach ihrem Willen dahin tragen, wo sie Lust haben zu wohnen. In diesen Landen und Inseln sind überflüssig viel Vieh, klein und feist von Leibe. Es werden in dem Königreich viele Käse gemacht, und es wächst an viel Enden guter Zucker. Dazu findet man dort viel wilder Menschen und sonst mancherlei Abenteuer; insbesondere erscheint dort viel Goldes, davon der portugiesische König seine goldenen Münzen schlagen und münzen lässt, aber die Inselbewohner selbst können das Gold nicht verarbeiten.

Dieses Volk gebraucht und nimmt gar kein Geld, sondern allein seltsam abenteuerliche Dinge wie Spiegel, Messingringe, lange blaue Kristalle[5] und dergleichen mancherlei, was ihnen seltsam ist und ihnen dahin gebracht wird. Da geben sie Ware um Ware und was sie haben und bei ihnen wächst, Stück für Stück nach ihrer Liebe und ziemlicher Achtung dieser Dinge. Der Wuchs der Bäume ist außerordentlich groß. Und erstreckt sich dieses Land der genannten Inseln tausendvierhundert Meilen.

Auf den elften Tag des April sandte der König seinen Sohn zu unserm Schiff, damit er mit seinen Hofleuten und Dienern große Ehre antue, was von uns nur als Narretei und spöttisch aufgefasst wurde.

---

5 Vielleicht die vielgenannten Aggriperlen aus Glas oder Stein, die als Schmuck oder Wertgegenstand dienten.

Auf den 15. April segelten wir mit der ganzen Flotte aus von der Schwarzen oder Mohren Land bis auf den großen Golf, der tausendvierhundert Meilen breit ist bis zum Kap der Guten Hoffnung, und von dem Königreich Bissagos sind neun, zehn Meilen in das Land hinein. Da ist ein ander groß Königreich viel hundert Meilen lang und heißt König von Guinea und ist ein böses Land von Leuten und fauler Luft. Und als wir an das Kap Verde kamen, da liegt ein runder Fels oder Berg, der ist sehr hoch und wohnt niemand darauf. Um den Berg sind große Bäume, wohl vier Klafter dick, und haben Blätter gleich dem Nussbaum und tragen Frucht gleich den Kürbissen.[6]

Frau aus Guinea, aus Balthasar Springers Meerfahrt 1509.

Auf dem vorgenannten Golfe segelten wir unter der Sonne und dem Mond[7] so fern dahin, dass wir den Polarstern oder den Wagen nicht mehr sehen konnten und den Südpol alsbald ins Gesicht empfingen. Auf dem Meere ist viel Wunders von

6 Offenbar meint Springer den Boabab oder Affenbrotbaum.
7 Springer will damit wohl sagen, dass die Gestirne im Zenit standen.

Fischen und besonders sind im Golf viele kleine weiße Fische, die haben Flügel, gleicherweise wie die Fledermäuse, und fliegen in großen Haufen auf gleich andern Vögeln. Wir segelten auch so weit aufs Meer hinaus, dass wir weder Fisch noch sonst welche Geschöpfe mehr fanden, und es war wie eine Wildnis und Einöde.

Danach segelten wir wieder auf das Kap der Guten Hoffnung zu, denn wir waren davongesegelt wohl tausend und vierhundert Meilen. Und als wir wiederkamen auf siebenhundert Meilen vom Kap – es war im Juni –, da war es so kalt wie in unsern Ländern um Weihnachten, und im Golf kamen so große Schlagregen und Winde, unerhört und unerwartet, also dass sie wohl die Schiffe umstoßen, so man sich nicht beizeiten vorsieht.

Von Bissagos bis zum Kap der Guten Hoffnung fängt ein ander Land an, in dem sind auch Schwarze oder Mohren, und die Einwohner dieser Lande sind ein halb wildes Volk, und wenn du zu ihnen kommst, geben sie dir wohl einen Ochsen oder ein Schaf um eine kleine Schale oder ein Messer. Es sind viel Tier und viel Vieh im selben Land, und nimmt das Volk daselbst auch kein Geld und geht alles nackt; nur die Scham bedecken sie mit hölzernen oder ledernen Scheiden und binden den jungen Knaben ihre Schwänzlein über sich. Es ist sonst ein lustig Land mit guten Wassern und wohlriechenden Kräutern und ist so gar voll Sands, dass Männer und Frauen unten auf breitem Leder beinahe wie auf großen Pantoffeln gehen. Etliche haben auch Kleider von Tierfellen um sich hängen gleicher Art, wie man in unsern Landen kurze Mäntel trägt. Viele haben auch ihre Haare mit Gummi und Pech aufgerichtet und zur Höflichkeit und Zier viele und köstliche Edelsteine dareingehängt und befestigt. Sie haben eine schnelle, seltsam wunderliche Sprache, und ist ihre Wohnung unter der Erde.

Nach oben stehender Beschreibung sahen wir in der fünfzehnten Woche auf den 19. Juli viel ungeheuerliche Fische und über zwei Stunden darauf erspähten wir ein Land zwischen Sofala und Mosambik.[8] Aber wir segelten zur Zeit noch an kein Land, sondern fuhren weiter. Da ist eine andere Insel, die liegt von da hundertfünfzig Meilen am Land hin und heißt die Hauptstadt darin Kiloa.[9] Das ist ein Königreich der Heiden. Auf den 22. Juli fassten wir Anker vor der Stadt Kiloa, und auf den 23. des Monats fuhren wir mit allen Booten in den Hafen vor des Königs Haus und begehrten von ihm zu wissen, ob er uns Frieden oder Tribut geben wollte. Aber wir konnten keinen Frieden haben, sondern sie wollten mit uns kriegen und war kein anderes Vorgehen möglich.

So fuhren wir am 24. desselben Monats mit ganzer Macht mit acht Schiffen wohl gewaffnet auf einmal ganz unerwartet morgens früh zur Stadt, schossen etliche Heiden zu Tod und plünderten gleich darauf die Stadt und fanden viel Reichtum mit Gold, Silber, Perlen, Edelgestein und kostbarlicher Kleidung und fingen denselben Tag alsbald an, ein Schloss zu bauen. Und auf den 27. Juli da war der König, sobald wir die Stadt eingenommen hatten, mit einer großen Zahl Heiden davongeflohen.

Da machte der Hauptmann einen andern König mit großen Herrlichkeiten und Ehren und krönte ihn mit einer Krone, wie einem König gebührt, und gab ihm das Königreich mit allen Rechten, doch sollte er dem König von Portugal treu und hold

8 Der »Leonhard« hatte das Kap in so weiter Entfernung umsegelt, dass die Mannschaft seiner nicht ansichtig wurde.

9 Kiloa etwa unter 9° südlicher Breite.

sein und ihm mit seinem ganzen Königreich allezeit untertäniglich gehorsam sein.

Auf den 13. des nächsten Monats kamen wir mit zehn Schiffen in den Hafen von Mombassa. Das Volk dieser Gegend war unser Feind. Das Land hat gar einen schönen Hafen oder Anfahrt, und auf einer Stelle des Stadens hatten sie ein unsäglich starkes Bollwerk gebaut, daraus sie uns mit Schüssen sehr leidig zusetzten, aber durch Vorsehung Christi Jesu, unseres Seligmachers, konnten sie uns nichts antun, sondern wir machten sie mit ihrer Habe aus dem Bollwerk bis zur Stadt flüchtig.

Hoffstaat des Königs von Gutschin aus Balthasar Springers Meerfahrt 1509.

Nun war eine Feste von der Stadt hinaus auf einem Felsen gebaut. Dort segelten wir sofort hin, da fanden wir nicht viel Feinde drin. Wir legten uns davor und schossen mit großem Ernst darein und vertrieben unsere Feinde.

Auf den 14. August nachmittags fuhren wir an die Stadt; da schossen sie mit Bogen und Büchsen und warfen mit Steinen grauslich nach uns und verdarben uns viel Volk. Es war aber alles unnütz. Wir schossen an zwei Orten Feuer in die Stadt und verbrannten ihnen viele Häuser. Und ehe wir das taten, trieben sie zwei Elefanten vor uns hin und her trutzig zum Verdruss. Auch fanden wir drei Kameltiere in der Stadt und davor im Felde. Die Stadt war sehr stark und mit engen Gassen, die zu gewinnen nicht wohl möglich war. Aber mit Anrufung und Hilfe Gottes des Allmächtigen griffen wir unseren Feind in der Stadt mit zwei Haufen trostlich an und bestritten ihn am 15. August ernstlich mit Sturm, und als wir in die engen Straßen und Gassen der Stadt kamen, wo keiner dem andern wohl weichen mochte, drangen wir mit Gewalt unerschrocken durch. Da warfen die Mohren und Heiden so unmenschlich gegen und auf uns heraus, dass wir, wo es nicht sonderlich Gottes Wille gewesen, unmöglich in der Stadt hätten bleiben mögen. Aber durch Gottes Verhängnis und Vorsehung blieb mancher Heide tot, und von den Unsren wurden nicht mehr als zwei um ihr Leben gebracht. Wir eroberten und behielten die Stadt mit Frohlockung und Danksagung Gott des Allmächtigen. Als wir nun unsere Ordnung in der Stadt geschickt und uns bereitet hatten zu plündern, wurden wir gewahr, dass der König sich aus der Stadt getan hätte und mit unzähligem Volk der Mohren und Heiden gesammelt und sich gestärkt hätte. Da sahen wir uns mit Ernst vor, dass wir nicht übereilt und wieder aus der Stadt gedrängt würden. Wir richteten gegen sie eine Warte ein zur Übersicht über die Straßen, damit wir nicht durch die Feinde überfallen würden, und fingen an zu plündern und fanden so groß Gut, dass es mir unmöglich ist, alles zu offenbaren.

Es sind von Kiloa bis Mombassa siebzig Meilen und von Mombassa sind fünfundzwanzig Meilen zu einer anderen Stadt, heißt Melinde. Dies ist ein eigenes Königreich, und der König war unser günstiger Freund und hatte allezeit Krieg und Feindschaft gegen den König von Mombassa. Er tat unserm Volk große Ehre an. Sein Hauptmann segelte uns mit fünf Schiffen wohl fünf Meilen entgegen, da wir der Zeit nicht nach Melinde kamen. Der König war ganz wohl zufrieden, dass wir die vorgemeldete Stadt also geplündert, geschleift und verbrannt hätten; denn nach dem Plündern verbrannten wir, was vorher nicht verbrannt worden war, außer den gemauerten gewölbten Häusern, die so stark und wohl versorgt waren, dass wir sie nicht verbrennen mochten.

Auf den 27. August gingen wir unter Segel, um über den großen Golf von Mekka[10] mit 14 Schiffen zu fahren, und sind 300 Meilen von Melinde bis nach Indien, und fuhren danach auf dem Golf bis auf den 12. September. Da ersahen wir wieder Land und ist daselbst die Gegend von Indien ein Königreich, genannt Kananor.

Auf den 13. September huben wir unsere Anker wieder und segelten zu einem Eiland, genannt Andschediva.[11] Da lagen wir 28 Tage. Da war ein schöner Hafen, und als wir dahin kamen, wohnte niemand auf dem Eiland. Wir bauten dort ein Schloss und besetzten das Land mit Leuten, denn es ist in ganz Indien kein Hafen, wo man sich vor Sturm behüten kann. Und wenn es in unserm Lande Winter ist, so ist es Sommer in Indien. Wir bauten auch auf dem Eiland eine Galeone. Von dem Eiland nicht fern lagen starke Städte und Königreiche; dazu

10 Den Indisch-Arabischen Meerbusen.
11 Die Andschediven-Gruppe.

auf dem Gebirg starke Schlösser. Und ehe wir auf dem Golf des Meeres drei Tagereisen dem Lande zugesegelt waren, da fuhren im Meere viel Karpfen und Schlangen an den Schiffen hin und her.

Auf den 30. Oktober warfen wir unsere Anker vor Kotschin eine Meile vom Lande. Auf den 2. November fingen wir an, Pfeffer mit vier Schiffen zu laden, und nach Ladung dreier Schiffe segelten sie hin gen Kananor, wo wir mit dem Leonhard liegen blieben. Zur selben Zeit kam der König von Kotschin zu unserem Hauptmann heraus, und dieser gab ihm eine goldene Krone, die ihm der König von Portugal gesandt hatte.

Wir lagen alle geladen bis auf den 20. Tag genannten Monats, und auf den Christabend kamen wir gen Kananor und blieben da liegen bis auf St. Stephanstag.[12] Da wurden wir genötigt, dass wir in zwei andere Schiffe ausladen mussten, in den Raphael und in die Conception. Diese zwei Schiffe nahmen uns mehr denn 2600 Zentner Pfeffers. Da blieben wir liegen, bis die Flut zu uns käme, mit fünf Schiffen bis auf den 2. Januar.

Da segelten sie im Namen Gottes gegen Portugal, und blieben wir allein vor Kananor liegen und unternahmen, andern Pfeffer und Spezerei zu laden, bis noch zwei Schiff zu uns kamen, die in Kotschin geladen hatten und mit uns gen Lissabon segeln sollten.

Danach segelten wir in Gottes Namen nach dem Kap der Guten Hoffnung und waren bald am Lande, bald auf hoher See und litten die Zeit viel Sturm und große Not. So war auch auf den 19. Mai großer Sturm; wir wurden von Winden in das Meer getrieben bis abends zur Vesperzeit. Da schlug es mit gro-

12 23. Dezember.

ßer Wucht über das Vorderkastell und brach das Vorderkastell und das große Segel entzwei. Und das Meer drang so in das Schiff, dass ein Mann bis an die Achseln im Wasser stand, auch war das Schiff auf der linken Seite ganz unter Wasser, also dass keine Hilfe da war anders als von Gott, den wir inniglich anriefen, uns zu Trost und zu Hilfe zu kommen, was auch geschah. Doch blieb das Schiff so lange, als einer ein Paternoster beten konnte, unter Wasser, dass es sich nicht herausschwingen konnte. Sie brachten aber doch mit Gottes Hilfe das Vorderteil herauf, dass es vor dem Wind lief und das ganze Schiff wieder herauskam. Und das Volk arbeitete und schüttete das Wasser aus mit zwei Pumpen Tag und Nacht ohne Unterlass. Uns brach auch noch eine Pfefferkammer auf, also dass wir noch größer Not hatten, da wir nicht wohl zum Wasser kommen konnten. Da war großer kläglicher Jammer, erschrecklich zu sagen und hören, denn das Schiff und wir waren ganz verloren. Aber die Königin aller Barmherzigkeit und der heilige Sankt Jakob taten an uns groß Wunderzeichen. Wir wurden auch von großer schwerer Arbeit, die wir mit Ausschöpfen des Wassers mit den Pumpen taten, so geschwächt, dass man uns laben musste mit Wein und Brot, wodurch wir uns wieder erholten. Auf den 20. Mai setzten wir wieder unser Segel und bereiteten uns, weiterzufahren.

Nun war der Wind wieder so groß, dass wir wieder auf Gebot des Hauptmanns auf unsere Spur zurückkommen mussten nach Mosambik zu. Auf den 2. Juni hielten wir mit dem gemeinen Volk einen Rat, und war unser Vorhaben und Anschlag, dass wir wieder wenden und nach Portugal fahren wollten und nicht gen Mosambik. Aber der Wind war so groß und ungestüm im Meer, dass wir dahin bis auf den 3. Juni laufen lassen mussten, und auf denselben Tag gebot der oberste Hauptmann abermals unserem Hauptmann, Meister und Piloten auf Leib und Gut, sie sollten nicht anders von ihm segeln als nach Mosambik, wo der Inseln fünf beieinanderliegen. Also segelten wir mit ihm bis auf den 8. Juni. Da rief das Volk und der Faktor einstimmig unserm Hauptmann zu: Misericordi, Misericordi!, und baten ihn um Gottes willen, dass er umwenden sollte nach Portugal zu, da es nottäte. Es war auch keine Speise mehr im Schiff außer Brot für drei Monate und gar kein Trost und Zuversicht des Lebens. Denn wären wir nach Mosambik gekommen, so wären wir alle Hungers gestorben, auch Schiff und Gut verloren gewesen. Also auf denselben Tag, als die Sonne niederging, segelten wir wiederum vor der Bucht, wo wir die Anker ließen, und in der Nacht kam uns abermals der Wind unter die Augen, dass wir in dieselbe Bucht wiederum fahren mussten. Wir kamen dahin auf den 11. Juni und machten eine Prozession im Schiff, und heißt die Bucht Bai de Roque.

Auf den 21. Juli sahen wir Land, und eine Insel ist wohl 1700 Meilen vom Kap der Guten Hoffnung, sie heißt Sankt Helena. Von derselben Zeit segelten wir bis auf den 15. August. Da sahen wir wieder Land, und sind daselbst neun Länder beieinander,[13] deren Namen mir eigentlich unbekannt sind. Und heißt eine Insel daselbst Sankt Jakob und zwei andere Isle de May und Isle de Fuga.[14] Und ehe wir von der Insel Sankt Helena kamen, da liegt eine andere Insel wohl 200 Meilen weit, die heißt Ascension, und von den drei Inseln ist es 500 Meilen von Lissabon. Wir setzten unsere Anker vor

13 Die Kapverdischen Inseln.
14 S. Thiago, Maio und Fogo.

Sankt Jakob und nahmen daselbst wieder Wasser, Fleisch und Holz, denn uns war wieder die Speise abgegangen, also dass wir nicht lange ohne Land bleiben konnten. Wir fanden auch daselbst viel Frucht und lagen da bis aus den 23. August.

Und auf der Isle de May da werden die Siechen wieder gesund, wenn sie zwei oder drei Jahre darauf sind, oder sterben; und welche also gesund werden, die ziehen hernach wiederum, wohin sie wollen, und bleiben hinfür gesund.

Am 20. September gingen wir wieder zu Segel nach Portugal, und bald darnach wurde etliche Tage viel Volks krank und für und für je länger je mehr. Auf den 1. Oktober waren 20 Mann im Schiff krank und starben in der Zeit hin 123 Personen. Da segelten wir bis auf den 21. Oktober; da sahen wir die Insel Madeira. Auf den 12. November sahen wir wiederum Land, das war Kap San Vincente und waren wir der Zeit von Lissabon 35 Meilen. Da segelten wir am Land entlang hin bis auf den 15. November und setzten Anker vor der Stadt Lissabon und hatten damit diese Reise im Namen Gottes vollbracht und geendet; dem sei Ehre und Glorie immer und ewiglich. Amen.

Text für diese Ausgabe gekürzt; Kommentare von Max Pannwitz.

LENA RUBEY

NÄHER

... dem Meer ist nur vom Rande her näher zu kommen.
(uns kommt es von überall näher.)

andernorts

das Schiff steht im Hafen: riesengroß. der Schiffsbauch: algengrün. die Matrosen, klein wie Miniaturfiguren, laufen über die Hängebrücke an Land. aus der Nähe betrachtet zeigen ihre Gesichter Spuren von Wasser, Wind, Sonne und Einsamkeit. ihre Blicke sehen den Häusern der Stadt entgegen: hoffnungsvoll. wieder einmal angekommen, doch ihre Augen verraten:

unsere Heimat ist andernorts.

... Heut Abend lass uns tanzen! Doch
morgen früh, da muss ich fort!

Matrosen

es ist Abend. die Nacht rüstet sich. der Tag verebbt zaghaft im Sand. ein Schiff erreicht den Hafen. es ist voll beladen mit Bildern von Stunden und Tagen. diese gilt es nun abzuladen. es kommen die Matrosen in Pyjamahosen. sie wechseln die Fracht gegen Träume und Lieder der Nacht.

Sing mir das Lied vom Mond und sag mir, wer in seinem silbernen Sessel dort oben thront. Versprich mir, dass er wächst über Nacht und dass es sich lohnt! Versprich ...,

... dass er wächst über Nacht ...

... dass es sich lohnt! ...

Laternen über Meer

Laternen fliegen über das Meer. dort, wo es ausläuft, sitzt der alte König mit seinen engsten Vertrauten an einem Feuerlager. das goldene Zepter liegt neben ihm im Sand. das Reich ist für heute gerettet. in ihren Augen schweigt die Finsterkeit. zwischen den Umsitzenden herrscht lautlose Heiterkeit. hörbar nur das Prasseln des Feuers. die Blicke wandern zwischen Feuer und Meer hin und her. der König streift die Falten seines blauen Umhangs glatt.

PETRUS AKKORDEON

immerwiedermal
schlagen mich erinnerungen an
eine schmerzhafte brandung
leider
ohne den lieblichen möwengesang
kein feiner sand
nichts vergessen können
bin ich ein nichtschwimmer
in meinem gedächtnismeer

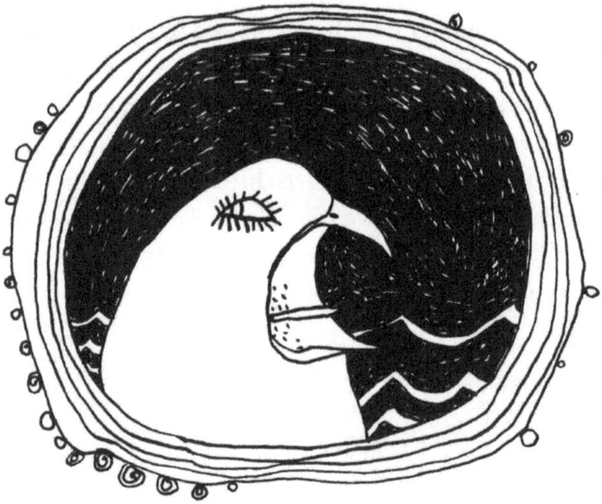

PĚTRUS
Akkordion 2013

MÖWEN

wellen wellen wellen
davor sand und darüber himmel
die leute riechen nach nassem mensch
den hunden wird übel
es muß wohl sommer sein
jemand steht am strand
dummerweise
bin ich nicht überzeugt
hätte ich fischhäute
wär ich möwenfederig
aber mir scheint
mein körper ist nicht wasserfest
schon meistens bin ich besorgt
mich nicht zu verwehen
zu versickern
plötzlich könnten sich meine teile
gegen mich entscheiden

mein lehmkörper
trotzdem
betrete ich das wasser
jeder kann mich beobachten
eine öffentliche auflösung
jemand umspült mich
sie sagen meer dazu
wenn ich jetzt nicht aufpasse
bin ich fort
möwen fliegen
bin sand
möwe
wieder eine handvoll salz werden
möwen

franz kafka
saß hinter diesem gebüsch
nun nicht mehr
und ich wieder zu spät
auch die bäume blühten
nicht mehr
und das große schachspiel
im gemeindepark
war verpackt
einige nackte männer
und sonnenschein
meine niere war zerrissen
und so tage am strand eben
während ich versuchte
meine wirbelsäule im körper zu halten
die hielten mich doch alle
für verrückt
ich schaute mir möwen an
und
suchte dieses gebüsch

wenn wir wenigstens
bienenwachs hätten
um uns flügel anzukleben
wenn es den menschenflug gäbe
oder ein wir menschen
so reiben sich die leute
mit sonnenmilch
der allerhöchsten stufe ein
weißer asphalt
plötzlich ist jeder
ein helles sandkorn
ich sammel deine abgelegten federn
versuche mich
an guten tagen
stürze ich
nicht
so hart

das mir völlig unbekannte
möwengebirge
in stralsund
welches mir bisher
auch völlig unbekannte stralsund
dort
sollen sich möwen
treffen
sammeln
eventuell sogar auftürmen
sie könnten die ostsee
was auch immer
und mir eben völlig unbekannt
aber wäre ich dort
unter gefiederten brüdern
und schwestern
ich würde jedem / jeder
möwe / möwin
meinen namen nennen
dann setzte ich mich dazu
plaudern und schweigen
möwentiere und ich
sollten freunde sein

mir wachsen jetzt weiße federn
nach und nach
und obwohl ich keine fische esse
könnte ich eine möwe werden
wie alle klugen leute
meide ich allerdings das meer
mir wachsen jetzt federn
jedenfalls färbt sich mein bart
juckt die haut
könnte mir
auch eine verengelung vorstellen
man sollte vogel sein
um mit vögeln zu sprechen
kann ja sein
ich sollte eine hautärztin aufsuchen

warum ich 3–4 möwen sein möchte
so rumfliegen
und dieser ganze kram
niemand nennt einen mensch
manchmal wäre es
z.b. einfacher
nicht unbedingt besser
jetzt fände ich es schöner
drei bis vier möwen zu sein
ich möchte mich
mit mir selber
um einen fisch streiten können
und gewinnen !
und zwei- bis dreimal verlieren
und mich also freuen
dabei in der niederlage
freunde haben

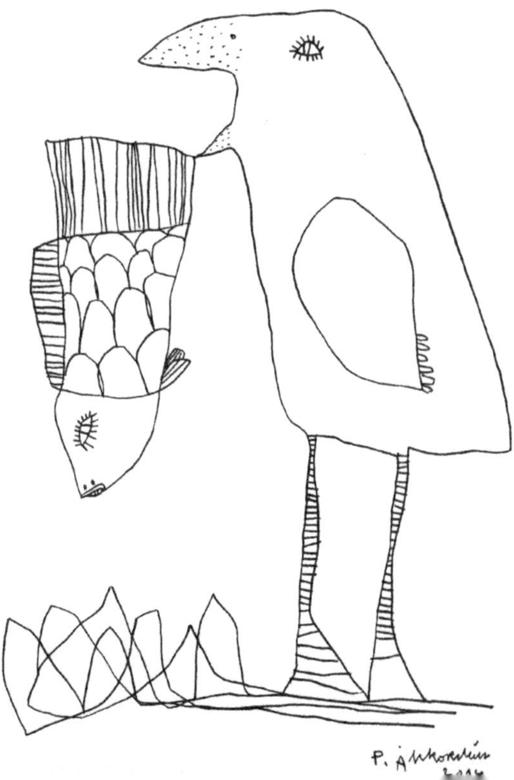

all die übel und möwen
haben eigene namen
übel wohnt bei dir
und etwas zu oft
heißt es
wie ich
herr elend macht also urlaub
wie wird das ertragen?
selbst die koffer wiegen
und dann noch dieses selbst
ich ich ich und sie
fahren an die küste
nach einem komplizierten system
getarnt als erholung!
nicht aussprechen, bitte
eine scheinbare zufälligkeit
entweder die möwe an der nordsee
oder die möwen an der ostsee
wenn ich sie sehe
geht es mir gut
allerdings
ist das betrachten aller möwen
sehr anstrengend

THOMAS GLATZ
ICH MUSS SCHLAFEN UND VON EINER MUSCHEL TRÄUMEN

Nehmen wir einen Kühlschrank. Geben wir ihm eine verglaste Tür, lassen wir ihn von innen heraus leuchten. Stellen wir den Kühlschrank in einen Hotelflur neben den Aufzug. Nehmen wir ein Bild. Zwei türkise Tuschpinselzeichungen, die wir »Tingeltangel 1« und »Tingeltangel 2« nennen, und hängen es gegenüber. Oder besser: »Mädchen in Waldinnerem.« Auf dem Bild steht ein junges Mädchen zwischen hohen Bäumen und salattellergroßen Baumpilzen. Nein, stellen wir das Mädchen auf eine Wiese. Umringt von Gemeinem Rapünzchen, Kanadischem Berufskraut, Vielsamigem Gänsefuß, Sumpf-Ziest, Krausem Ampfer und Klebrigem Greiskraut blickt es den Betrachter an.

Geben wir das Bild in einen Glasrahmen und lassen eine Lichtquelle darauf fallen, damit das Bild gespiegelt im Hotelflur zwischen Kühlschrank und Fahrstuhl aufleuchtet. Nehmen wir noch eine Blumenvase, meinetwegen eine grellbunt bemalte, und stellen sie auf ein wackliges Tischchen. Nehmen wir einen Stuhl und setzen einen jungen Mann vor die Vase. Einen kleinen bärtigen jungen Mann mit einer Strickmütze mit Totenkopf darauf. Lassen wir den jungen Mann im Dunklen sitzen, lassen wir ihn immer wieder zwei, drei Schritte gehen, damit der Bewegungsmelder das Licht im Hotelflur einschaltet. Lassen wir ihn wieder Platz nehmen. Gerade die Wartenden sind es, die Erzählstoffe fabrizieren! Das moderne, sprichwörtliche aussichtslose Warten scheint hier fleischgeworden. Lassen wir die Arme des Mannes herabhängen wie eine schlaffe Scheibe Toast. Oder nein, geben wir ihm einen Discman oder Minidisc in die Hand. Der Fahrstuhl fährt auf und ab. Denkende Leser werden sich die Frage stellen, warum sich das Bild spiegelt. Das Mädchen, die Gräser. Eigentlich dürfte sich nur der Rahmen spiegeln.

Deutschlehrer? Wie sie sich krampfhaft an Kommas klammern. Der Rotstift denkt immer mit. Pflichten wir dem Leser bei, aber belassen wir es bei der Spiegelung des ganzen Bildes mit dem kleinen Mädchen im Pflanzendickicht. Stellen wir Fragen!

Da sitzt immer noch dieser kleine bärtige Kerl mit dem Totenkopfmützchen im Hotelflur. Wie alt mag der sein? Mitte 30? Gestern ist er mir schon im Aufzug begegnet. Da trug er einen dunklen Vollbart und einen hellen Handkoffer. Er beblinzelte mich aufmerksam von der Seite. Und heute scheint er den ganzen Abend hier herumzusitzen. Seine Ohren sind abstehend und groß und wirken, als hätte er sich zeitlebens alle möglichen Weisheiten dahintergeschrieben. »Der Kaffee ist ein stiller Sackdieb.« Oder »Der Häbbich ist besser als der Hättich.« Oder auch »Aus eme Beasestiel kam r koi Huppepfeif mache.« Vor drei Stunden bin ich aus dem Hotel gegangen und jetzt sitzt er immer noch da. Oder schon wieder. Egal. Ich muss früh schlafen. Morgen geht es zurück. Auf das Hotelzimmerklopapier sind Hunde gedruckt, ein laufender, ein kauernder und ein aufmerksam dreinblickender. Es riecht nach Klostein.

Ich spüle, lege mich in das mollige Bett. Die Pyramidenlampe wirft ihr Licht umgedreht pyramidenförmig an die Wand. Ich höre Stiegensteigen. Gedanken zerstieben in meiner matschigen Birne. Mein Hemd hängt über dem Kleiderbügel. Die gute Nachtluft strömt herein. Stöckelschuhklappern. Im Hotelflur noch Schritte. Stimmen vom Nebenzimmer. Das Öffnen einer Tür, dann eine Weile später das Verlöschen des Lichts, das man allerdings nicht sieht, nur hört.

Das Knarren der Wetterfahne. Ein Hundebellen, ein landendes Flugzeug. Das Schnarchen von nebenan und ein abhebendes Flugzeug. Im Hotelzimmer gegenüber wird gehustet. Der Aufzug kommt mit lautem Geräusch. Ohrenblicke. Ich lösche das Licht. Die Einsamkeit des Ohres beim Hören, beim Schlafen. Die anderen Sinne sind nicht hellwach. Ich kann nicht schlafen und sehe spaßeshalber nach, ob der Kerl mit dem Mützchen noch im Hotelflur sitzt. Er tut es. Vom Hotelpersonal scheint er nicht zu sein. Er scheint nicht zu lesen. Er scheint auf niemanden zu warten. Vielleicht ein schlafloser Gast im Dämmerlicht bei der Blumenvase mit dem bunten Muster.

Ich muss schlafen. Schlafen und von einer Muschel träumen, aus der man das Meer rauschen hört (oder etwas Vergleichbares). Dem Rauschen des Meeres eine Botschaft abtrotzen.

Das Meer ist ein großer Erzähler und jede Welle, die es anspült, eine Metapher für die große Erzählung des Meeres. Als das Meer zum ersten Mal an Land kam, wunderte es sich über die Poesie des Menschen. Der Mensch versuchte, es in einer Geschichte von drei Seiten zu bannen, was ihm aber misslang.

Da nahm das Meer Reißaus, war aber doch neugierig und kam wieder zurück und so spült es noch heute Tag und Nacht, Strophe für Strophe in Form von Wellenkämmen dem Land entgegen. Da geht ein älteres Ehepaar in bunter Kleidung, bückt sich alle paar Schritte nach einem Stück Strandgut, einer Muschel, betrachtet sie, und wirft sie wieder ins Meer. Manchmal sind die Dinge nicht die Dinge, die die Dinge sind. Dann sind die Dinge Gedanken, die zu schweben scheinen wie Wolken im wolkenlosen Himmel.

Ein vergessener Hello-Kitty-Sandeimer in Herzform am Strand. Der Schlaf schwemmt die vergessenen Dinge an. Vom Traum angespülte Gegenstände wie von Bord gefallen und von Meer und Gezeiten verformt. Oder wie der verlorene silberne Handschuh eines Kosmonauten, der einen Monat lang um die Erde kreist, bevor er in der Erdatmosphäre verglüht. Wie viele kosmische Mülldeponien mag es wohl geben? Wie viele Friedhofsorbits? Ein verlorener quietschgrüner Handschuh eines Kindes hängt monatelang an einem Zaunpfahl, bis er verschwunden ist. Wo ist er hin? Vielleicht hat er jemandem gewunken? Die Mühe der Menschen beim Beschreiben der Dinge und die Mühelosigkeit der Dinge beim Nichtbeschreiben der Menschen.

Weckerklingeln. Hastig eile ich aus dem Zimmer, Blumenvase, Leuchtkühlschrank, Mädchenbild, Aufzug. Alles an seinem Platz. Irgendetwas fehlt. Richtig. Der Kerl. Auf dem Tischchen, an dem er gestern Nacht saß, ein betipptes Blatt Papier. Als neugieriger Mensch lese ich es natürlich gleich, während ich auf das Hotelfrühstück warte.

Hupen. Der Bus aus Sidimounhayamohammadi ist pünktlich. Die Sonne wirft ihr spätes Licht auf die sanft geschwungenen Hügel neben der Autobahn und der Bus schlängelt sich die Küstenstraße entlang. Eine Feriensiedlung an der Küste und eine Herde Ziegen auf einer brachen, kargen Grasfläche. Die Moschee in der Ortsmitte von Kinderdrachen umschwirrt. Die Fahne weht auf dem Hügel. Marmorne Landesgründer grüßen, halten fesche Hüte hoch oder hinterlassen einen Sinnspruch an öffentlichen Gebäuden. Die Sonne verglüht über der Küste, während die Feriensiedlungen am Meerufer zahlreicher werden. Eine öde Karstlandschaft, durch die Strommasten führen. Darauf scheint gerade der untergehende Sonnenball spazieren zu rollen. Rundhügel traben vorbei. Windräder an der Steilküste. Sie drehen sich nicht – als ob jemand die Zeit angehalten hätte. Hotelburgen thronen heroisch über Steilhängen. Ein antikes Schiff auf einer Verkehrsinsel. Von einem Plakat grinst eine Eisesserin den Businsassen zu. Wir erreichen die Stadt. Auf einem anderen Plakat balanciert ein Fotomodell einen Kleinwagen auf ihrer Wange. Dann die kleine Skulptur aus Autoreifen vor dem Autozubehörhändler bei der großen Tankstelle. Wir sind da. Der Kassettenstandmann hat schon abgebaut, der Orangensaftmann betet noch, während die Gassenbuben Fußball spielen. Der Bus hält vor dem Hotel. Das wütende Ausschnauben eines Autobusses, wenn er seine Fahrgäste entlässt.

Aufzugsgeräusche. Sprecher: Im Aufzug steht ein junger Mann. Er trägt einen dunklen Vollbart und einen hellen Handkoffer. Wenn man alleine reist, passiert es, dass man sich auf die widerlichste Art und Weise selbst begegnet.

Aufzugsgeräusch gedoppelt.

Die Regieanweisung »Aufzugsgeräusch gedoppelt« war mit gelbem Marker angestrichen. Der Kerl mit der Totenkopfmütze scheint wohl Geräuschemacher beim Hörspiel zu sein. Vermutlich hat er im Hotelflur mit Discman den Aufzug aufgenommen. Aber ich habe es eilig, schlinge mein Frühstück herunter. Nehmen wir Aufzug, Treppenhaus, Kühlschrank und grellbunte Blumenvase, die unmögliche Mädchen-in-Wiese-Bild-Spiegelung und das vergessene Hörspielmanuskript wieder weg. Belassen wir es bei einer lange am Schreibtisch entstandenen Satz-für-Satz-Auseinandersetzung. Schwarze Buchstaben auf weißem Grund. Noch besser: Vergessen wir auch etwas. Vergessen wir ein Resimö zu ziehen. Oder vergessen wir etwas anderes wegzunehmen. So wie der Kerl sein Manuskript.

Aufzugsgeräusch gedoppelt

Aufzugsgeräusch gedoppelt

Aufzugsgeräusch gedoppelt

Aufzugsgeräusch gedoppelt

Aufzugsgeräusch gedoppelt

Aufzugsgeräusch gedoppelt

Matrosenlied

In Algier sind die Mädchen schwarz,
Was macht denn das, mein Kind?
Wenn sie nur sonst an Kopf und Herz
Und, Schatz, das andre weißt du schon,
Auch zu gebrauchen sind.

Sie sind wie Schokolade schwarz
Und beißt mal einer an,
So spürt er gleich an Kopf und Herz
Und, Schatz, das andre weißt du schon,
Was so ein Mädchen kann.

In Hamburg sind die Mädchen weiß
Und auch in Kiel, hurra!
Blau ist das Auge, blond das Haar
Und, Schatz, das andre weißt du schon,
Grad wie in Afrika.

Hamburger Hurenlied

Wir Hamburger Mädchen habens fein,
Wir brauchen nicht auf dem Striche sein.
Wir wohnen in schönen Häusern
Wohl bei der Nacht,
Ahoi!
Weil es uns Freude macht.

Es kommen Kavaliere, Neger und Matros,
Die werden bei uns ihre Pfundstücke los,
Sie liegen uns am Busen
Wohl bei der Nacht,
Ahoi!
Weil es uns Freude macht.

Madam kocht schlechtes Essen, Sami spielt Klavier,
Mit den Kavalieren tanzen wir,
Fließt ein Taler drüber,
Wird er Madam gebracht,
Ahoi!
Weil es uns Freude macht.

Eines Tages holt die Sitte uns hinaus
Und sie sperrt uns in das graue Krankenhaus.
Dann sind wir tot und sterben
Wohl bei der Nacht,
Ahoi!
Weil es uns Freude macht.

PHILIP KRÖMER
POETA MARITIMUS

I turned to Castle the elder. »Sir, how does a man die when he's deprived of the consolations of literature?«
»In one of two ways«, he said, »putrescence of the heart or atrophy of the nervous system.«
»Neither one very pleasant, I expect«, I suggested.

Kurt Vonnegut: Cat's Cradle

Nennt mich Ishmael. Oder nein, besser ihr nennt mich Knut, denn das ist der Name, den mir meine Eltern gaben, als sie mein Knaben-Ich aus dem Fruchtwasser fischten und ihren Fang selig in den Armen wiegten. Sie nannten mich Knut. Nennt mich also Knut. Und Ishmael heißt niemand.

Knut steht seinen Seemann, Knut steht einem Seemann ohnehin viel besser an als Ishmael (oder Queequeg!), trotz seiner Alltäglichkeit. Oder gerade deswegen? Weil Knuts an Tresen sitzen, an Stegen schwitzen, weil Knuts und keine Ishmaels Kellnerinnen in die ausladenden Hinterbacken kneifen, vom Wirt Hausverbot erteilt kriegen und doch immer wieder kommen (dürfen), weil sie nicht wissen, wo sonst hin.

Knut zieht an der Leine, lupft und greift das pralle Netzrund, dessen Inhalt zappelnd und tausendmäulig nach Luft schnappt und doch an der guten Seeluft ersticken muss.

Knut schwingt den Fang an Bord.

»He, Ishmael!«, ruft der Kapitän, der außer Knut der einzige Mensch an Bord des kleinen Kutters ist. Knut weiß, dass er gemeint ist. Ishmael heißt hier niemand. »Haben wir ihn?«, will der Kapitän wissen.

Knut schüttelt den Kopf. Und was soll auch immer diese Frage? Als ob ein Moby Dick ins Heringsnetz passe!

Scheißnocheins.

»Nur Heringe, paar Makrelen«, gibt Knut Antwort und erwartet nichts sehnlicher als den Feierabend mit Tresen und Bier und Kneifen und Hausverbot. Und morgen wieder und übermorgen wieder. Weil's so schön ist. Weil Knut sein Bier mit gutem Geld bezahlt, den Wirt seit Kindertagen kennt und die Kellnerin seinen kneifenden Seemannspranken so abgeneigt nun auch wieder nicht ist. Ein guter Fang ist er zwar mitnichten (da lagen seine Eltern falsch), aber seine seeganggeprüfte Bodenständigkeit hat schon etwas für sich.

»Irgendwann«, schreit der Kapitän gegen den Sturm an, der kaum mehr ist als eine steife, sprühregensatte Brise aus SSO, aber für den Kapitän: ein Sturm, der übertönt werden muss: »Irgendwann krieg ich dich.« Adressat unbekannt. Sowie sein Schlachtruf verhallt ist, marschiert er wutentbrannt in den Aufbau, der hier auf Befehl »Brücke« genannt wird und in dem sich Ruder, Sonar und die Seekarten befinden.

Obwohl der Kapitän noch im Besitz beider Beine ist, knallt bei seinem Gang einer seiner Stiefel wie Holzbein aufs Deck – hat er sich doch genau zu diesem Zweck mit einem kurzen, großkopfigen Nagel eine echte Golddublone an den Absatz geschlagen.

Marschiert mit einer Gummisohle quietschend, mit einer vergoldeten krachend und schlägt die Türe der »Brücke« hinter sich zu.

Nemĕsis (griech.), dem Wortsinn nach s. v. w. Rechtsgefühl; dann in der Mythologie als Personifikation die Göttin des Gleichmaßes, welche darüber wacht, dass das Gleichgewicht der sittlichen Weltordnung nicht gestört, sondern Glück und Unglück dem Menschen nach Gebühr zugeteilt werde. Hieraus entsprang später (bei den Tragikern) die Vorstellung von einer Rächerin und Bestraferin aller menschlichen Frevel und Verbrechen.

Hat Knut mal im Konversationslexikon nachgelesen, weil er das Wort nicht kannte, das der Kapitän unentwegt im Mund führt wie andere Kapitäne ihre dampfenden Meerschaumpfeifen.

Einmal nur sah Knut einen weißen Wal, nicht den Moby Dick, sondern ein mittelgroßes Belugaweibchen, das sich aus seinen Polarmeeren in die Ostsee verirrt hatte. Lag da am Strand wie ein havariertes Unterseeboot und verendete elendig, weil weder Pferd noch Traktor zur Hand war und die Schaulustigen sich die Hände nicht am salz- und blutkrustigen Walfischleib schmutzig machen wollten. Füllte sich im Laufe des Tages, ausgestreckt in der prallen Sonne liegend, mit Faulgasen, und als es dann endlich zum Abtransport des monströsen Leichnams kam und man sich daran machte, ihn auf die Ladefläche eines Lastwagens zu hieven, da barst seine Bauchdecke wegen des erhöhten Innendrucks und legte zwischen aufgedunsenen Darmschlingen ein praktisch gebärfertiges Jungtier frei, das in seiner Mutter als ihr *Mise en abyme* (auch das ein Begriff, den Knut nachschlagen musste) starb. Das Bild stak lange in Knuts innerem Auge wie ein aufgewehtes Sandkorn und wollte nicht verblassen. Möglich, dass auch der Kapitän an diesem Tag anwesend war und Wal im Wal sterben sah.

Und sich die Vorstellung aneignete, dass, wo sich Wal in Wal stapelt, außerhalb von Wal weitere Schichten Wal zwiebeln müssen. Die von einem kundigen Auge erkannt und mit kundigen Fingern abgetragen werden wollen. Widerlegen kann Knut diese Ansicht natürlich nicht – dabei liegt ihm durchaus an der geistigen Gesundheit seines Kapitäns, wenn sie zu zweit mit ihrem Kutter weit draußen auf den Wellen schaukeln. Und dann jedes Mal diese Frage!

Scheißnocheins.

Der Netzinhalt hat sich mittlerweile beruhigt, hat sein Leben veratmet und macht den heutigen Tag zu einem erfolgreichen. Vielleicht, dass Knut es nach der Rückkehr in den Hafen und Löschung des Fischberges doch mal mit der Kellnerin versuchte, ihr den Hof machte, wie es sich gehört (und nicht bloß kniffe). Vielleicht, dass man nicht immer eine gute Partie spielen muss, vielleicht, dass es reicht, wenn man hin und wieder einen guten Fang einbringt – ohne selbst einer zu sein.

A-lle H-eringe A-tmen B-lausäure. Ahab. Und was das jetzt heißen soll, das weiß nicht einmal Knuts Lexikon.

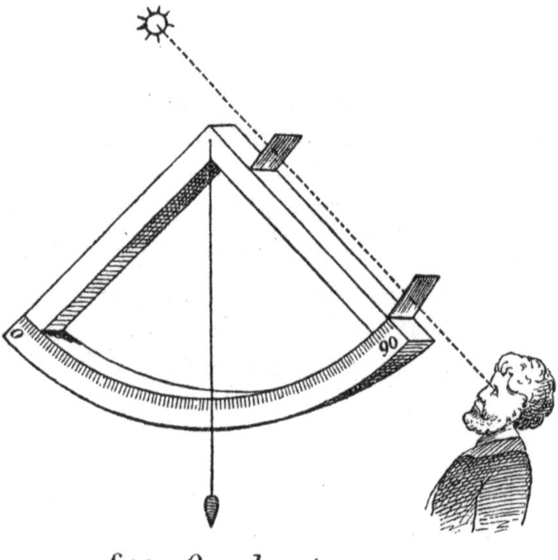

See - Quadrant.

Fig. 15.

GEORG HEYM

DAS SCHIFF

Es war ein kleiner Kahn, ein Korallenschiffer, der über Kap York in der Harafuhra seekreuzte. Manchmal bekamen sie im blauen Norden die Berge von Neu-Guinea ins Gesicht, manchmal im Süden die öden australischen Küsten wie einen schmutzigen Silbergürtel, der über den zitternden Horizont gelegt war.

Es waren sieben Mann an Bord. Der Kapitän, ein Engländer, zwei andere Engländer, ein Ire, zwei Portugiesen und der chinesische Koch. Und weil sie so wenig waren, hatten sie gute Freundschaft gehalten.

Nun sollte das Schiff herunter nach Brisbane gehen. Dort sollte gelöscht werden und dann gingen die Leute auseinander, die einen dahin, die andern dorthin.

Auf ihrem Kurs kamen sie durch einen kleinen Archipel, rechts und links ein paar Inseln, Reste von der großen Brücke, die einmal vor einer Ewigkeit die beiden Kontinente von Australien und Neu-Guinea verbunden hatte. Jetzt rauschte darüber der Ozean und das Lot kam ewig nicht auf den Grund.

Sie ließen den Kahn in eine kleine schattige Bucht der Insel einlaufen und gingen vor Anker. Drei Mann gingen an Land, um nach den Bewohnern der Insel zu suchen.

Sie wateten durch den Uferwald, dann krochen sie mühsam über einen Berg, kamen durch eine Schlucht, wieder über einen bewaldeten Berg. Und nach ein paar Stunden kamen sie wieder an die See.

Nirgends war etwas Lebendes auf der ganzen Insel. Sie hörten keinen Vogel rufen, kein Tier kam ihnen in den Weg. Überall war eine schreckliche Stille. Selbst das Meer vor ihnen war stumm und grau. »Aber jemand muss doch hier sein, zum Teufel«, sagte der Ire.

Sie riefen, schrien, schossen ihre Revolver ab. Es rührte sich nichts, niemand kam. Sie wanderten den Strand entlang durch Wasser, über Felsen und Ufergebüsch, niemand begegnete ihnen. Die hohen Bäume sahen auf sie herab wie große gespenstische Wesen ohne Rauschen, wie riesige Tote in einer furchtbaren Starre. Eine Art Beklemmung, dunkel und geheimnisvoll, fiel über sie her. Sie wollten sich gegenseitig ihre Angst ausreden. Aber wenn sie einander in die weißen Gesichter sahen, so blieben sie stumm.

Sie kamen endlich auf eine Landzunge, die wie ein letzter Vorsprung, eine letzte Zuflucht in die See hinauslief. An der äußersten Spitze, wo sich ihr Weg wieder umbog, sahen sie etwas, was sie für einen Augenblick starr werden ließ.

Da lagen übereinander drei Leichen, zwei Männer, ein Weib, noch in ihren primitiven Waschkleidern. Aber auf ihrer Brust, ihren Armen, ihrem Gesicht, überall waren rote und blaue Flecken wie unzählige Insektenstiche. Und ein paar große Beulen waren an manchen Stellen wie große Hügel aus ihrer geborstenen Haut getrieben.

So schnell sie konnten verließen sie die Leichen. Es war nicht der Tod, der sie verjagte. Aber eine rätselhafte Drohung schien auf den Gesichtern dieser Leichname zu stehen, etwas Böses schien unsichtbar in der stillen Luft zu lauern, etwas, wofür sie keinen Namen hatten und das doch da war, ein unerbittlicher eisiger Schrecken.

Plötzlich begannen sie zu laufen, sie rissen sich an den Dornen. Immer weiter. Sie traten einander fast auf die Hacken.

Der Letzte, ein Engländer, blieb einmal an einem Busch hängen; als er sich losreißen wollte, sah er sich unwillkürlich um. Und da glaubte er hinter einem großen Baumstamm etwas zu sehen, eine kleine schwarze Gestalt wie eine Frau in einem Trauerkleid.

Er rief seine Gefährten und zeigte nach dem Baum. Aber es war nichts mehr da. Sie lachten ihn aus, aber ihr Lachen hatte einen heiseren Klang.

Endlich kamen sie wieder an das Schiff. Das Boot ging zu Wasser und brachte sie an Bord.

Wie auf eine geheime Verabredung erzählten sie nichts von dem, was sie gesehen hatten. Irgendetwas schloss ihnen den Mund.

Als der Franzose am Abend über die Reling lehnte, sah er überall unten aus dem Schiffsraum, aus allen Luken und Ritzen scharenweise die Armeen der Schiffsratten ausziehen. Ihre dicken, braunen Leiber schwammen im Wasser der Bucht, überall glitzerte das Wasser von ihnen.

Ohne Zweifel, die Ratten wanderten aus.

Er ging zu dem Iren und erzählte ihm, was er gesehen hatte. Aber der saß auf einem Tau, starrte vor sich hin und wollte nichts hören. Und auch der Engländer sah ihn wütend an, als er zu ihm vor die Kajüte kam. Da ließ er ihn stehen.

Es wurde Nacht und die Mannschaften gingen herunter in die Hängematten. Alle fünf Mann lagen zusammen. Nur der Kapitän schlief allein in einer Koje hinten unter dem Deck. Und die Hängematte des Chinesen hing in der Schiffsküche.

Als der Franzose vom Deck herunterkam, sah er, dass der Ire und der Engländer miteinander ins Prügeln geraten waren.

Sie wälzten sich zwischen den Schiffskisten herum, ihr Gesicht war blau vor Wut. Und die andern standen herum und sahen zu. Er fragte den einen von den Portugiesen nach dem Grund dieses Zweikampfes und erhielt die Antwort, dass die beiden um einen Wollfaden zum Strumpfstopfen, den der Engländer dem Iren fortgenommen hätte, ins Hauen gekommen wären.

Endlich ließen sich die beiden los, jeder kroch in einen Winkel der Kajüte und blieb da sitzen, stumm zu den Späßen der anderen.

Endlich lagen sie alle in den Hängematten, nur der Ire rollte seine Matte zusammen und ging mit ihr auf Deck.

Oben durch den Kajüteneingang war dann wie ein schwarzer Schatten zwischen Bugspriet und einem Tau seine Hängematte zu sehen, die zu den leisen Schwingungen des Schiffes hin und her schaukelte.

Und die bleierne Atmosphäre einer tropischen Nacht, voll von schweren Nebeln und stickigen Dünsten, senkte sich auf das Schiff und hüllte es ein, düster und trostlos.

Alle schliefen schon in einer schrecklichen Stille und das Geräusch ihres Atems klang dumpf von fern, wie unter dem schweren Deckel eines riesigen schwarzen Sarges hervor.

Der Franzose wehrte sich gegen den Schlaf, aber allmählich fühlte er sich erschlaffen in einem vergeblichen Kampf und vor seinem zugefallenen Auge zogen die ersten Traumbilder, die schwankenden Vorboten des Schlafes. Ein kleines Pferd, jetzt waren es ein paar Männer mit riesengroßen altmodischen Hüten, jetzt ein dicker Holländer mit einem langen weißen Knebelbart, jetzt ein paar kleine Kinder, und dahinter kam etwas, das aussah wie ein großer Leichenwagen durch hohle Gassen in einem trüben Halbdunkel.

Er schlief ein. Und im letzten Augenblick hatte er das Gefühl, als ob jemand hinten in der Ecke stände, der ihn unverwandt anstarrte. Er wollte noch einmal seine Augen aufreißen, aber eine bleierne Hand schloss sie zu.

Und die lange Dünung schaukelte unter dem schwarzen Schiffe, die Mauer des Urwaldes warf ihren Schatten weit hinaus in die kaum erhellte Nacht und das Schiff versank tief in die mitternächtliche Dunkelheit.

Der Mond steckte seinen gelben Schädel zwischen zwei hohen Palmen hervor. Eine kurze Zeit wurde es hell, dann verschwand er in die dicken, treibenden Nebel. Nur manchmal erschien er noch zwischen den treibenden Wolkenfetzen, trüb und klein, wie das schreckliche Auge der Blinden.

Plötzlich zerriss ein langer Schrei die Nacht, scharf wie mit einem Beil.

Er kam hinten aus der Kajüte des Kapitäns, so laut, als wäre er unmittelbar neben den Schlafenden gerufen. Sie fuhren in ihren Hängematten auf und durch das Halbdunkel sahen sie einander in die weißen Gesichter.

Ein paar Sekunden blieb es still; auf einmal hallte es wieder, ganz laut, dreimal. Und das Geschrei weckte ein schreckliches Echo in der Ferne der Nacht, irgendwo in den Felsen, nun noch einmal, ganz fern, wie ein ersterbendes Lachen.

Die Leute tasteten nach Licht, nirgends war welches zu finden. Da krochen sie wieder in ihre Hängematten und saßen ganz aufrecht darin wie gelähmt, ohne zu reden.

Und nach ein paar Minuten hörten sie einen schlürfenden Schritt über Deck kommen. Jetzt war es über ihren Häuptern, jetzt kam ein Schatten vor der Kajütentür vorbei. Jetzt ging es nach vorn. Und während sie mit weit aufgerissenen Augen einander anstarrten, kam von vorn aus der Hängematte des Iren noch einmal der laute, langgezogene Schrei des Todes. Dann ein Röcheln, kurz, kurz, das zitternde Echo und Grabesstille.

Und mit einem Male drängte sich der Mond wie das fette Gesicht eines Malaien in ihre Tür, über die Treppe, groß und weiß, und spiegelte sich in ihrer schrecklichen Blässe.

Ihre Lippen waren weit auseinandergerissen und ihre Kiefer vibrierten vor Schrecken.

Der eine der Engländer hatte einmal den Versuch gemacht, etwas zu sagen, aber die Zunge bog sich in seinem Munde nach rückwärts, sie zog sich zusammen; plötzlich fiel sie lang heraus wie ein roter Lappen über seine Unterlippe. Sie war gelähmt und er konnte sie nicht mehr zurückziehen.

Ihre Stirnen waren kreideweiß. Und darauf sammelte sich in großen Tropfen der kalte Schweiß des maßlosen Grauens.

Und so ging die Nacht dahin in einem fantastischen Halbdunkel, das der große versinkende Mond unten auf dem Boden der Kajüte ausstreute. Aber auf den Händen der Matrosen erschienen manchmal seltsame Figuren, uralten Hieroglyphen vergleichbar, Dreiecke, Pentagrammata, Zeichnungen von Gerippen oder Totenköpfen, aus deren Ohren große Fledermausflügel herauswuchsen.

Langsam versank der Mond. Und in dem Augenblick, wo sein riesiges Haupt oben hinter der Treppe verschwand, hörten sie aus der Schiffsküche vorn ein trockenes Ächzen und dann ganz deutlich ein leises Gemecker, wie es alte Leute an sich haben, wenn sie lachen.

Und das erste Morgengrauen flog mit schrecklichem Fittich über den Himmel.

Sie sahen sich einander in die aschgrauen Gesichter, kletterten aus ihren Hängematten und mit zitternden Gliedern krochen sie alle herauf auf das Verdeck.

Der Gelähmte mit seiner heraushängenden Zunge kam zuletzt herauf. Er wollte etwas sagen, aber er bekam nur ein grässliches Stammeln heraus. Er zeigte auf seine Zunge und machte die Bewegung des Zurückschiebens. Und der eine der Portugiesen fasste seine Zunge an mit vor Angst blauen Fingern und zwängte ihm die Zunge in den Schlund zurück.

Sie blieben dicht aneinander gedrängt vor der Schiffsluke stehen und spähten ängstlich über das langsam heller werdende Deck. Aber da war niemand. Nur vorn schaukelte noch der Ire in seiner Hängematte im frischen Morgenwind, hin und her, hin und her, wie eine riesige schwarze Wurst.

Und gleichsam, wie magnetisch angezogen, gingen sie langsam in allen Gelenken schlotternd auf den Schläfer zu. Keiner rief ihn an. Jeder wusste, dass er keine Antwort bekommen würde. Jeder wollte das Grässliche so lange wie möglich hinausschieben. Und nun waren sie da und mit langen Hälsen starrten sie auf das schwarze Bündel da in der Matte. Seine wollene Decke war bis an seine Stirn hochgezogen. Und seine Haare flatterten bis über seine Schläfen. Aber sie waren nicht mehr schwarz, sie waren in dieser Nacht schlohweiß geworden. Einer zog die Decke von dem Haupte herunter und da sahen sie das fahle Gesicht einer Leiche, die mit aufgerissenen und verglasten Augen in den Himmel starrte. Und die Stirn und die Schläfen waren übersät mit roten Flecken und an der Nasenwurzel drängte sich wie ein Horn eine große blaue Beule heraus.

»Das ist die Pest.« Wer von ihnen hatte das gesprochen? Sie sahen sich alle feindselig an und traten schnell aus dem giftigen Bereich des Todes zurück.

Mit einem Male kam ihnen allen zugleich die Erkenntnis, dass sie verloren waren. Sie waren in mitleidlosen Händen eines furchtbaren unsichtbaren Feindes, der sie vielleicht nur für eine kurze Zeit verlassen hatte. In diesem Augenblick konnte er aus dem Segelwerk heruntersteigen oder hinter einem Mastbaum hervorkriechen; er konnte in der nämlichen Sekunde schon aus der Kajüte kommen oder sein schreckliches Gesicht über den Bord heben, um sie wie wahnsinnig über das Schiffsdeck zu jagen.

Und in jedem von ihnen keimte gegen seine Schicksalsgenossen eine dunkle Wut, über deren Grund er sich keine Rechenschaft geben konnte.

Sie gingen auseinander. Der eine stellte sich neben das Schiffsboot und sein bleiches Gesicht spiegelte sich unten im Wasser. Die andern setzten sich irgendwo auf die Bordbank, keiner sprach mit dem andern, aber sie blieben sich doch alle so nahe, dass sie in dem Augenblick, wo die Gefahr greifbar wurde, wieder zusammenlaufen konnten. Aber es geschah nichts. Und doch wussten sie alle, es war da und belauerte sie.

Irgendwo saß es. Vielleicht mitten unter ihnen auf dem Verdeck, wie ein unsichtbarer weißer Drache, der mit seinen zitternden Fingern nach ihren Herzen tastete und das Gift der Krankheit mit seinem warmen Atem über das Deck ausbreitete.

Waren sie nicht schon krank, fühlten sie nicht irgendwie eine dumpfe Betäubung und den ersten Ansturm eines tödlichen Fiebers? Dem Mann an Bord schien es so, als wenn unter ihm das Schiff anfing zu schaukeln und zu schwanken, bald schnell, bald langsam. Er sah sich nach den andern um und sah in lauter grüne Gesichter, wie sie in Schatten getaucht waren und schon ein schreckliches Blassgrau in einzelnen Flecken auf den eingesunkenen Backen trugen.

»Vielleicht sind die überhaupt schon tot und du bist der Einzige, der noch lebt«, dachte er sich. Und bei diesem Gedanken lief ihm die Furcht eiskalt über den Leib. Es war, als hätte plötzlich aus der Luft heraus eine eisige Hand nach ihm gegriffen.

Langsam wurde es Tag.

Über den grauen Ebenen des Meeres, über den Inseln, überall lag ein grauer Nebel, feucht, warm und erstickend. Ein kleiner roter Punkt stand am Rande des Ozeans, wie ein entzündetes Auge. Die Sonne ging auf.

Und die Qual des Wartens auf das Ungewisse trieb die Leute von ihren Plätzen.

Was sollte nun werden? Man musste doch einmal heruntergehen, man musste etwas essen.

Aber der Gedanke: dabei vielleicht über Leichen steigen zu müssen ...

Da, auf der Treppe hörten sie ein leises Bellen. Und nun kam zuerst die Schnauze des Schiffshundes zum Vorschein. Nun der Leib, nun der Kopf, aber was hing an seinem Maul? Und ein rauer Schrei des Entsetzens kam aus vier Kehlen zugleich.

An seinem Maul hing der Leichnam des alten Kapitäns; seine Haare zuerst, sein Gesicht, sein ganzer fetter Leib in einem schmutzigen Nachthemde kam heraus, von dem Hunde langsam auf das Deck gezerrt. Und nun lag er oben vor der Kajütentreppe, aber auf seinem Gesicht brannten dieselben schrecklichen roten Flecken.

Und der Hund ließ ihn los und verkroch sich.

Plötzlich hörten sie ihn fern in einem Winkel laut murren, in ein paar Sätzen kam er von hinten wieder nach vorn, aber als er an dem Großmast vorbeikam, blieb er plötzlich stehen, warf sich herum, streckte seine Beine wie abwehrend in die Luft. Aber mitleidslos schien ihn ein unsichtbarer Verfolger in seinen Krallen zu halten.

Die Augen des Hundes quollen heraus, als wenn sie auf Stielen säßen, seine Zunge kam aus dem Maul. Er röchelte ein paarmal, als wenn ihm der Schlund zugedrückt würde. Ein letzter Krampf schüttelte ihn, er streckte seine Beine von sich, er war tot.

Und gleich darauf hörte der Franzose den schlürfenden Schritt neben sich ganz deutlich, während das Grauen wie ein eherner Hammer auf seinen Schädel schlug.

Er wollte seine Augen schließen, aber es gelang ihm nicht. Er war nicht mehr Herr seines Willens.

Die Schritte gingen geradenwegs auf das Deck, auf den Portugiesen zu, der sich rücklings gegen die Schiffswand gelehnt hatte und seine Hände wie wahnsinnig in die Bordwand krallte.

Der Mann sah offenbar etwas. Er wollte fortlaufen, er schien seine Beine mit Gewalt vom Boden reißen zu wollen, aber er hatte keine Kraft. Das unsichtbare Wesen schien ihn anzufassen. Da riss er gleichsam wie im Übermaß seiner Anstrengung seine Zähne auseinander und er stammelte mit einer blechernen Stimme, die wie aus einer weiten Ferne heraufzukommen schien, die Worte: »Mutter, Mutter.«

Seine Augen brachen, sein Gesicht wurde grau wie Asche. Der Krampf seiner Glieder löste sich. Und er fiel vornüber und er schlug schwer mit der Stirn auf das Deck des Schiffes.

Das unsichtbare Wesen setzte seinen Weg fort, er hörte wieder die schleppenden Schritte. Es schien auf die beiden Engländer loszugehen. Und das schreckliche Schauspiel wiederholte sich noch einmal. Und auch hier war es wieder derselbe zweimalige Ruf, den die letzte Todesangst aus ihrer Kehle presste, der Ruf »Mutter, Mutter«, in dem ihr Leben entfloh.

»Und nun wird es zu mir kommen«, dachte der Franzose. Aber es kam nichts, alles blieb still. Und er war allein mit den Toten.

Der Morgen ging dahin. Er rührte sich nicht von seinem Fleck. Er hatte nur den einen Gedanken, wann wird es kommen. Und seine Lippen wiederholten mechanisch immerfort diesen kleinen Satz: »Wann wird es kommen, wann wird es kommen?«

Die Nebel hatten sich langsam verteilt. Und die Sonne, die nun schon nahe am Mittag stand, hatte das Meer in eine ungeheure strahlende Fläche verwandelt, in eine ungeheure silberne Platte, die selber wie eine zweite Sonne ihr Licht in den Raum hinausstrahlte.

Es war wieder still. Die Hitze der Tropen brodelte überall in der Luft. Die Luft schien zu kochen. Und der Schweiß rann ihm in dicken Furchen über das graue Gesicht. Sein Kopf, auf dessen Scheitel die Sonne stand, kam ihm vor wie ein riesiger roter Turm, voll von Feuer. Er sah seinen Kopf ganz deutlich von innen heraus in den Himmel wachsen. Immer höher und immer heißer wurde er innen. Aber drinnen, über eine Wendeltreppe, deren letzte Spiralen sich in dem weißen Feuer der Sonne verloren, kroch ganz langsam eine schlüpfrige weiße Schnecke. Ihre Fühler tasteten sich in den Turm herauf, während ihr feuchter Schweif sich noch in seinem Halse herumwand.

Er hatte die dunkle Empfindung, dass es doch eigentlich zu heiß wäre, das könnte doch eigentlich kein Mensch aushalten.

Da – bum – schlug ihm jemand mit einer feurigen Stange auf den Kopf, er fiel lang hin. Das ist der Tod, dachte er. Und nun lag er eine Weile auf den glühenden Schiffsplanken.

Plötzlich wachte er wieder auf. Ein leises dünnes Gelächter schien sich hinter ihm zu verlieren. Er sah auf und da sah er: das Schiff fuhr, das Schiff fuhr, alle Segel waren besetzt. Sie bauschten sich weiß und blähend, aber es ging kein Wind, nicht der leiseste Hauch. Das Meer lag spiegelblank, weiß, eine feurige Hölle. Und in dem Himmel oben, im Zenit, zerfloss die Sonne wie eine riesige Masse weißglühenden Eisens. Überall troff sie über den Himmel hin, überall klebte ihr Feuer und die Luft schien zu brennen. Ganz in der Ferne, wie ein paar blaue Punkte, lagen die Inseln, bei denen sie geankert hatten.

Und mit einem Male war das Entsetzen wieder oben, riesengroß wie ein Tausendfüßler, der durch seine Adern lief und sie hinter sich erstarren machte, wo er mit dem Gewimmel seiner kalten Beinchen hindurchkam.

Vor ihm lagen die Toten. Aber ihr Gesicht stand nach oben. Wer hatte sie umgedreht? Ihre Haut war blaugrün. Ihre weißen Augen sahen ihn an. Die beginnende Verwesung hatte ihre Lippen auseinandergezogen und die Backen in ein wahnsinniges Lächeln gekräuselt. Nur der Leichnam des Iren schlief ruhig in seiner Hängematte. Er versuchte sich langsam an dem Schiffsbord in die Höhe zu ziehen, gedankenlos.

Aber die unsagbare Angst machte ihn schwach und kraftlos. Er sank in seine Knie. Und jetzt wusste er, jetzt wird es kommen. Hinter dem Mastbaum stand etwas. Ein schwarzer

Schatten. Jetzt kam es mit seinem schlürfenden Schritte über Deck. Jetzt stand es hinter dem Kajütendache, jetzt kam es hervor. Eine alte Frau in einem schwarzen altmodischen Kleid, lange weiße Locken fielen ihr zu beiden Seiten in das blasse alte Gesicht. Darin steckten ein paar Augen von unbestimmter Farbe wie ein paar Knöpfe, die ihn unverwandt ansahen. Und überall war ihr Gesicht mit den blauen und roten Pusteln übersät und wie ein Diadem standen auf ihrer Stirn zwei rote Beulen, über die ihr weißes Großmutterhäubchen gezogen war. Ihr schwarzer Reifrock knitterte und sie kam auf ihn zu. In einer letzten Verzweiflung richtete er sich mit Händen und Füßen auf. Sein Herz schlug nicht mehr. Er fiel wieder hin.

Und nun war sie schon so nahe, dass er ihren Atem wie eine Fahne aus ihrem Munde wehen sah.

Noch einmal richtete er sich auf. Sein linker Arm war schon gelähmt. Etwas zwang ihn stehen zu bleiben, etwas Riesiges hielt ihn fest. Aber er gab den Kampf noch nicht auf. Er drückte es mit seiner rechten Hand herunter, er riss sich los.

Und mit schwankenden Schritten, ohne Besinnung, stürzte er den Bord entlang, an dem Toten in der Hängematte vorbei, vorn, wo die große Strickleiter vom Ende des Bugspriets zu dem vordersten Maste herauflief.

Er kletterte daran herauf, er sah sich um.

Aber die Pest war hinter ihm her. Jetzt war sie schon auf den untersten Sprossen. Er musste also höher, höher. Aber die Pest ließ nicht los, sie war schneller wie er, sie musste ihn einholen. Er griff mit Händen und Füßen zugleich in die Stricke, trat da- und dorthin, geriet mit einem Fuße durch die Maschen, riss ihn wieder heraus, kam oben an. Da war die Pest noch ein paar Meter entfernt. Er kletterte an der höchsten Rahe entlang.

Am Ende war ein Seil. Er kam an dem Ende der Rahe an. Aber wo war das Seil? Da war leerer Raum.

Tief unten war das Meer und das Deck. Und gerade unter ihm lagen die beiden Toten.

Er wollte zurück, da war die Pest schon am anderen Ende der Rahe.

Und nun kam sie freischwebend auf dem Holze heran wie ein alter Matrose mit wiegendem Gang.

Nun waren es nur noch sechs Schritte, nur noch fünf. Er zählte leise mit, während die Todesangst in einem gewaltigen Krampf seine Kinnbacken auseinanderriss, als wenn er gähnte. Drei Schritte, zwei Schritte.

Er wich zurück, griff mit den Händen in die Luft, wollte sich irgendwo festhalten, überschlug sich und stürzte krachend auf das Deck, mit dem Kopf zuerst auf eine eiserne Planke. Und da blieb er liegen mit zerschmettertem Schädel.

Ein schwarzer Sturm zog schnell im Osten über dem stillen Ozean auf. Die Sonne verbarg sich in den dicken Wolken, wie ein Sterbender, der ein Tuch über sein Gesicht zieht. Ein paar große chinesische Dschunken, die aus dem Halbdunkel herauskamen, hatten alle Segel besetzt und fuhren rauschend vor dem Sturme einher mit brennenden Götterlampen und Pfeifengetön. Aber an ihnen vorbei fuhr das Schiff riesengroß wie der fliegende Schatten eines Dämons. Auf dem Deck stand eine schwarze Gestalt. Und in dem Feuerschein schien sie zu wachsen und ihr Haupt erhob sich langsam über die Masten, während sie ihre gewaltigen Arme im Kreise herumschwang gleich einem Kranich gegen den Wind. Ein fahles Loch tat sich auf in den Wolken. Und das Schiff fuhr geradenwegs hinein in die schreckliche Helle.

mitten in der nacht weckte mich mein mann.
er sagte, er habe den kampf verloren, er müsse jetzt fort.
ich wußte was mit den bleibenden passieren würde.
den besiegten wird das meer gezeigt – zum letzten mal.
fortan müssen sie davon schweigen.
ich fragte, ob er die flucht mit seiner vernunft erfassen könne.
»wer auf alle fragen eine antwort weiß, hat keinen eigenen horizont.«
ich lag nackt im bett und wußte nicht weiter.
»es gibt situationen, in denen ein mensch keine alternative hat, als verräter zu sein.«
er sagte, jenseits des meeres, in den melancholischen cafés, wird er an mich denken.
bevor mein mann mich verließ, bat er um ein intimes kleidungsstück –
er wolle meinen geruch bei sich tragen.

als ich am tag darauf aufwachte, stand ein zivilist vor unserer tür. er teilte mir mit, mir sei verboten, das haus zu verlassen, bis ich abgeholt werde – der zivilist war nur mit einem handy bewaffnet.

ich kam mit den anderen frauen in ein lager.
uns wurde befohlen, uns auszuziehen und hinzulegen – mit dem gesicht zur wand.
eine digitale stimme erklärte, was mit uns geschehen würde.
sie berichtete auch von der lage der männer:
»dort auf der insel wird nichts abgeschlossen; die männer können jeden raum betreten. im hof sitzt unter der platane ein blinder. zuweilen darf er vom meer erzählen. die verbannten meinen, er könne auch die sprache der haie verstehen.«
nachdem die belehrung zu ende gegangen war, rief mich die stimme in ein anderes zimmer. der raum war gekachelt, auf dem boden ein abfluß, auf der kopfhöhe ein fenster, nirgends zierrat.
eine frau erschien im weißen kittel und betastete meinen körper, als suchte sie nach einem gebrechen.
»ich bin verantwortlich für ihren fall«, und sie fügte hinzu, sie sei auch für die wahrheit zuständig. dann lehnte sich meine referentin an die wand, verschränkte die arme und fragte, ob ich wisse, was wahrheit sei.
ich schüttelte den kopf.
»wenn das erzählende wort den bruch zwischen denken und handeln aufhebt«, sie machte eine kleine pause und schien sie zu kosten, »dann entsteht die wahrheit.«
ich dachte an die letzten worte meines mannes.
das schweigen dauerte.
meine referentin machte keine anstalten, es zu beenden, bis die tür aufging und zwei männer eintraten.

sie warfen mich zu boden. der erste setzte sich auf meinen hin-
tern. der andere tätowierte meinen nacken.
ein strich-code mit einem zeichen, das mir rätselhaft blieb.
darunter das fluchtdatum; der name meines
mannes wurde verschwiegen.
hernach durfte ich das lager verlassen.
ich wählte ein bleiches viertel und lebte unter den verblie-
benen. mein mann hatte diese leute geliebt,
aber er wollte nicht beherrscht werden – und
ich wollte seinem geruch nah sein.
ganz wie von meiner referentin vorgeschrieben, lebte ich fort-
an von müll, wie alle frauen der verbannten.
was andere wegwarfen, war unsere nahrung, unser besitz.
ohne zu merken, begann auch ich zu sammeln. das geschah
selbstverständlich. ohne befehl, ohne zwang.
inzwischen hatten wir eine ganze welt zusammengesammelt,
die nur wir verstanden, wir frauen.
zuweilen war mir das ganze unheimlich.
wie sollten unsere männer das verstehen, falls sie je aus der
verbannung zurückkehrten.
irgendwann – ich kann den zeitpunkt nicht genau benennen
– begann ich zu stottern. als wollten sie mich
mit meinem gebrechen nicht alleine lassen,
begannen alle frauen zu stottern.
ich ging nicht zum arzt, ich hatte angst vor der diagnose und
erst recht vor einer prognose.
»wenn mein mann zurückkehrt, verschwindet auch das stot-
tern.«

mein name ist viviane, ich lebe alleine in einer kleinen wohnung.
keine zeitung, kein radio, kein fernsehen, keine musik, kein telephon – das ist vorschrift.
der körperliche kontakt zu einem mann, zu einer frau oder zu einem tier ist nicht gestattet.
nacht für nacht gehe ich aus dem haus und sammle müll für mich – nur in unserem viertel.
dann kommt der sonntag.
mit einer riesigen trommel über dem bauch marschiere ich auf und ab. meine route ist vorgezeichnet, ich kenne sie auswendig. meine uniform besteht aus einer schwarzen jacke und schwarzen hosen. den stoff durfte ich selbst aussuchen, damit ich mich wohl fühle. einzige bedingung: mein nacken muß frei sein.
meine referentin deutete den sinn dieser maßnahme.
das trommeln signalisiert, der staat achte auf seine bürger und vergesse nie die verräter.
vor jedem rundgang schminke ich die lippen karmesinrot, wie mein mann es liebte.
ich entblöße meine brüste und verreibe sie mit lavendelöl. wenn sie unruhig werden, flüstere ich von meinem mann.
auf meiner tour muß ich schreien wie eine hyäne –
kein wort ist mir gestattet.
wenn ich wieder in meiner wohnung bin, darf ich sprechen – mit mir.
ich stelle mich vor den spiegel und stelle meinem konterfei die frage:
wann kommt mein mann zurück?

irgendwann besuchte mich meine referentin. wir tranken tee
und versuchten eine unterhaltung zustande
zu bringen.
»sollte der verräter bis zum ende des nächsten jahres nicht
zurückkommen, werden sie mit einem mann
verheiratet – einen treuen bürger.«
nach diesem gespräch sammelte ich noch mehr und mein stottern wurde noch heftiger.
wenn aber die einsamkeit zu mächtig wird, rette ich mich in
einen not-traum:

zu bestimmten tageszeiten pumpe ich meine milch ab und
stelle sie in den kühlschrank. dann warte ich
auf den fremden, der kommt und durst hat.
wenn er meine milch getrunken hat, dann
biete ich ihm noch mehr von mir.

mai 2012

CAROLINE HARTGE

auf hoher see nicht und nicht vor gericht
mehr als eine fliege unter der hand.

ich tat was ich tat. tut ihr was euch zu tun gegeben.
auf der letzten stufe scheiße ich
auf eure hohe höflichkeit: was ich tat, das tat ich.

zweimal wurden wir gerammt. und ging ich nicht unter mit ihr,
hinab zu den versunkenen sternen? sie sank nur, ich versoff.

dies geräusch. wenn der kopf in den korb fällt
ins blutgetränkte stroh –
hoppla!
an elfen eile ich vorbei
die haben bärte, die haben bärte ...
platz nehmen ohne lächeln
kalten herzens den letzten gruß erteilen ohne aufstehn
schwadronieren und nichts wissen
nie sein maul auftun als bis zu spät
die schwester in der fremde verkommen lassen

LOSES GEDICHT (OHNE KOPF)

kalten herzens den letzten gruß erteilen im weitergehn
das gastrecht mit stiefeln werfen
die freundschaft leugnen
liebe treiben wie hurerei
den eignen bruder nicht kennen
kalten herzens den letzten gruß erteilen ohne ansehn

vorbei an jan und hein und klaas und pit zu euch
die ihr erst später zur hölle fahrt:
keinem von uns bleibt der verrat erspart

erst der zwölfte weh mir verweht mir

hoppla!

ANDRÉ PATTEN

Im Spätsommer sind an der Nordsee fast nur Rentner. Das merken wir am ersten Morgen, als wir am Strand entlanggehen und sind für einige Minuten leicht verstimmt. Wir sehen den grauen Himmel, eine Möwe schreit etwas zu laut und als ich die leeren Strandkörbe sehe, muss ich an die Fotos denken, die Kathi von ihrer Thailand-Reise auf Facebook gestellt hat. Wie sie dort mit ihrem Bikini am Strand steht. Wie sie mit irgendwelchen Franzosen auf einem Baumstamm sitzt. Wie der blaue Himmel als Kulisse ständig den Sommer dokumentiert. Und natürlich denke ich daran, dass ich sie auf dieser Reise nicht einmal im Bikini sehen werde, obwohl wir am Strand stehen.

Wir gehen ein paar Schritte durch den Sand. Ein Rentnerpaar grüßt uns freundlich und wir grüßen zurück. Es scheint so, als ob Rentner an der Nordsee nur in Paaren existieren. Um 13 Uhr stehen wir auf einer Treppe. Zwei Stunden später essen wir Backfisch. Danach sitzen wir am Strand und hüllen uns in unsere Herbstjacken. Kathi macht Fotos von Laternen vor Dünen und leeren Strandkörben. Wir spazieren den halben Tag und schauen uns die tristen Fassaden der Ferienhäuser an. Mich stört es, dass Kathi alles so selbstverständlich hinnimmt. Das merke ich, wenn wir im Supermarkt stehen. Das merke ich, wenn wir uns die Auslagen in den Schaufenstern anschauen und wenn Kathi in einem Souvenirshop Postkarten mit Bildern von Möwen kauft.

Am Abend in der Ferienwohnung erzählt sie von Asien und ich klicke auf meinem Handy ihre Thailand-Fotos auf Facebook durch, als sie von einer gemeinsamen Nacht mit dem Franzosen auf dem dritten Bild berichtet. Mich stört das, obwohl wir uns damals noch gar nicht kannten. Der Franzose ist stark gebräunt, hat lange schwarze Haare und ein aufgeknöpftes weißes Hemd an, während Kathi genauso aussieht wie ich sie mir immer vorstelle, wenn sie nicht da ist: Dieses fröhliche Lachen, ihr breiter Mund, das leicht zurücktretende Kinn, die dunklen Augen blitzen im Kameralicht. Kathi erzählt von einem Surfkurs, bei dem sie den Franzosen kennengelernt habe, und ich sage, in Thailand gäbe es zu viele Touristen.

Da an der Nordsee nicht viel passiert, haben wir drei Mal Sex am Tag. Erst morgens nach dem Aufwachen, dann nachmittags auf dem Sofa und am Abend, bevor wir schlafen gehen. Das ist ungewöhnlich für uns, weil wir uns in Wien nur ein- oder zweimal in der Woche sehen und dann meistens nicht miteinander schlafen. Danach möchte Kathi jedes Mal zusammenliegen und ich zähle die Minuten im Kopf. Bei Minute 4 oder 5 stehe ich auf und frage, ob sie etwas trinken möchte. Kathi ist irritiert und möchte nicht, dass ich aufstehe. Ich setzte den Kaffee auf und denke, vielleicht braucht es immer einen zweiten Menschen, um glücklich zu sein.

Am vierten Tag regnet es. Da es in der Ferienwohnung weder einen Fernseher noch Internet gibt, versuche ich einen Hotspot mit meinem iPhone einzurichten und darüber mit meinem MacBook ins Internet zu gelangen. Wir wollen uns House of Cards ansehen, aber der Stream stockt. Jedes Mal, wenn das Bild stehen bleibt, sage ich, verdammte Scheiße und klicke sinnlos auf meinem MacBook herum. Kathi sagt nichts und sieht genervt aus.

Uns beiden ist klar, dass dieser Urlaub eine Art Test ist. Für mich, weil ich keine feste Beziehung möchte. Für Kathi, weil sie das ändern will. Bei unserem zweiten Date im Wiener Schikaneder habe ich gesagt, dass ich Beziehungen nicht leiden kann. Ich glaube, Kathi hat damals gelacht und meinen Spruch als ironische Spinnerei abgetan. Kurz nachdem wir uns auf den Nordsee-Trip geeinigt hatten, hat sie mir auf Facebook geschrieben, dass wir über uns reden müssten, und ich habe geantwortet, lass uns das am Strand in der Sonne tun.

Jetzt sitzen wir nebeneinander auf dem Sofa vor meinem MacBook mit dem stockenden Bild von Kevin Spacey und sagen nichts. Ich höre, wie der Regen gegen das Fenster prasselt und denke, das ist ein und derselbe Zwang: Sich binden wollen oder sich nicht binden wollen. Als Kathi ansetzt, etwas zu sagen, frage ich, ob sie einen Kaffee möchte und gehe in die kleine Küche der Ferienwohnung.

Am nächsten Morgen beschließen wir, ein paar Tage auf eine Insel zu fahren und entscheiden uns für Norderney. Am Telefon reserviere ich ein Hotelzimmer und wir beide freuen uns auf die Fahrt mit der Fähre. Kathi wäre ohne mich wohl nicht an die Nordsee gereist. Normalerweise verbringt sie den Spätsommer bei ihren Eltern in Kärnten am Wörthersee. Ihre

Eltern haben dort ein kleines Hotel, in dem vor allem ältere Paare Urlaub machen. Sie erzählt nicht viel davon, aber es ist wohl ein Pärchenhotel mit thematisch eingerichteten Zimmern.

Am nächsten Tag stehen wir am Kai, wo die Fähren abfahren und beobachten einen alten Mann im Rollstuhl, der von einem Pfleger Richtung Anlegeplatz geschoben wird. Altwerden ist das Schlimmste, was ich mir vorstellen kann, sage ich zu Kathi und sie schaut aufs Meer.

Weil noch Zeit ist, bis die Fähre ablegt, gehen wir zu der Currywurstbude am Anlegeplatz und kaufen zwei kleine Portionen Pommes. Kathi fragt, wo die jungen Leute seien und der Currywurstverkäufer antwortet, Kinder gäbe es an der Nordsee nur in den Schulferien.

Wenig später stehen wir in roten Regenjacken an Deck und lassen uns die Gischt ins Gesicht prasseln. Es ist nass und ein wenig kalt, aber nicht so kalt, dass wir ins Innere des Schiffes gehen müssten. Als das Boot sich langsam vom Ufer entfernt, denke ich, eine Fähre ist wie eine Zeitkapsel. Alles bleibt irgendwie stehen, obwohl alles bewegt wird.

Mit uns sind drei Rentnerpaare an Deck. Sie beobachten die Wellen oder rauchen. Kathi ist etwas zu fröhlich und albert herum. Sie hüpft mehr als sie geht und sagt alle paar Minuten, dass sie das erste Mal auf einer so großen Fähre sei. Das freut mich natürlich und ich sage, es sei alles wie früher, als ich mit meinen Eltern an die Nordsee gefahren sei. Dass ich mich auf diesen Reisen ausschließlich gelangweilt habe, sage ich nicht.

Kathi macht Fotos von den Rentnern und zeigt ihnen das Ergebnis auf ihrer Spiegelreflexkamera. Die Rentner freuen sich und Kathi fragt, ob sie ihnen die Fotos schicken soll. Die Rentner haben keine E-Mail-Adressen. Kathi sagt, sie könne die Bilder entwickeln lassen und per Post zuschicken. Die Rentner sehen so glücklich aus, als ob sie es selbst kaum fassen können und Kathi notiert sich die Adressen in ihrem iPhone.

So junge Menschen sähen sie sonst nicht hier, sagen die Rentner und freuen sich, dass wir an der Nordsee sind. Ich stehe neben Kathi und nicke. Damals, sagen die Rentner, damals seien die Fähren nicht so schnell gewesen und hätten mehr geschaukelt. Heute sei alles bequemer. Heute könne man problemlos bei schwerem Seegang an Deck stehen. Kathi sagt, sie hätte am Anfang ein wenig Angst gehabt, und die Rentner sagen, das sei normal. Und als Kathi sagt, sie sei das erste Mal an der Nordsee, sind alle hellauf begeistert und freuen sich noch mehr als über die Erkenntnis, dass Kathi Österreicherin ist und ich als Hamburger ihr den Norden zeige.

Dann erzählen die Rentner von ihrem Wochenende in Wien. Sie sprechen über Schloss Schönbrunn, die Hofburg und ihren Besuch im Wiener Musikverein. Kathi findet das alles ganz toll, betont aber, dass es im Sommer ziemlich heiß werden könne. Ich kann dem Gespräch nicht länger folgen und verschwinde in meinen Gedanken. Kathi war schon immer offen, freundlich und hilfsbereit. Sie ist wirklich das, was man einen guten Menschen nennt. Wenn wir eine Meinungsverschiedenheit hatten, haben wir uns ausgesprochen und Kathi hatte immer Verständnis für andere Meinungen. Es gibt so viele Welten, warum sollte man sich für eine entscheiden, hat sie auf der WG-Party gesagt, auf der wir uns kennengelernt haben. Ich glaube, deshalb wollte ich sie wiedersehen und nicht weil wir im Flur des Altbaus rumgemacht haben.

Die Rentner lächeln, wenn Kathi etwas erzählt. Sie schauen ihr aufmerksam ins Gesicht und hören auf jedes Wort, das

Kathi sagt. Bestimmt werden sie später in ihrem Hotel sagen, was für nette Leute sie heute auf der Fähre getroffen haben. Sie werden sagen, es sei schade, dass es nicht mehr junge Leute wie uns gäbe. Und dann werden sie sagen, wir wären so ein nettes Paar und das stört mich und ich überlege tatsächlich, den Rentnern unseren Beziehungsstatus mitzuteilen.

Kathi erzählt von Österreich und wie schön es in Kärnten sei. Die Rentner sagen, sie wären noch nicht dort gewesen. Kathi rät ihnen zu einem Besuch und ich nicke und nicke und nicke. Irgendwann merken die Rentner, dass ich nichts sage und fragen nach mir. Ich sage mit einem verzerrten Lächeln, dass Kathi ja für zwei rede und ich weiß, dass die Rentner jetzt denken, sie wüssten Bescheid. Für einen Moment sagt niemand etwas. Dann, nach einem höflichen und bewusst kurzen Lachen der Rentner, ist mein Part erledigt und ich kann wieder nicken und über mein Leben in Wien nachdenken.

Ich sehe Kathi an, nicht direkt sie, sondern eher den Raum vor ihr. Ich beobachte, wie sie weiter mit den Rentnern spricht und sehe all die Dinge, die wir gerade sind. Ich sehe uns zu zweit auf einer Wiese im Wiener Stadtgarten, ich sehe unsere Selfies auf ihrem Instagram-Kanal, ich sehe uns in meiner Wohnung im sechsten Bezirk, ich sehe uns in der Ferienwohnung vor meinem MacBook, ich sehe uns an Deck dieser Fähre und denke, das ist gut so, das ist alles gut so.

Die Rentner verabschieden sich nach drinnen. Es sei ihnen zu kalt, sagen sie. Alten Menschen wird immer schnell kalt. Wir sagen, wir bleiben noch etwas draußen, und schon sind die Rentner weg. Nur ein alter Mann steht noch an der Brüstung und raucht. Es ist das erste Mal auf dieser Reise, dass ich jemand allein sehe. Er sieht wehmütig aus. Kathi überlegt ihn zu fotografieren, aber ich rate ihr davon ab. Wir stellen uns an die Brüstung auf der anderen Seite. Kathis Haare fliegen durch die Luft. Die Fähre schaukelt ein wenig mehr und ich freue mich über das bisschen Abenteuer.

Ein Mitarbeiter der Schiffsgesellschaft kommt nach draußen und zündet sich eine Zigarette an. Die Nordsee wird wilder, aber es gibt keinen Grund zur Sorge. Ich schaue zum Service-Mitarbeiter in seiner grünen Uniform. Er scheint entspannt und raucht. Der einsame Rentner steht weiterhin an der Brüstung. Es scheint fast so, als ob er auf den entscheidenden Stoß warte. Er starrt unentwegt aufs Wasser.

Kathi hat sich von mir gelöst und steht nun gut einen Meter entfernt und beobachtet die Wellen. Sie ist ganz fasziniert davon, wie sich das Wasser am Schiff bricht, und drückt sich ein Stück über die Brüstung, sodass ich für einen Moment Angst um sie bekomme. Ich gehe einen Schritt auf sie zu und sage, lass uns reingehen. Als ich die Tür zum Deck von innen schließe, sehe ich, wie der einsame Rentner uns nachsieht. Er bleibt stehen und hält sich fest an der Reling.

Im Bordrestaurant kaufe ich zwei Kaffee und zwei Stücke Marmorkuchen. Wir setzen uns an einen der freien Tische zum Fenster hin, schauen auf das Grau der Wolken und die ständige Bewegung der Wellen. Die Rentnerpaare um uns stummen vor sich hin und wir essen Stück für Stück den Kuchen auf unseren Tellern.

FAHRTENLIED

1. Ick heff mol en Hamburg en Veermaster sehn, :,: to my hoodah, :,: de Masten so scheep as den Schipper sien Been, to my hoodah, hoodah ho. :,: Blow, boys, blow for Californio, there is plenty of gold, so I am told, on the banks of Sacramento. :,:

2. Dat Deck weer von Isen, vull Schiet und vull Smeer, ... dat weer de Schietgäng eer schönstes Pläseer ... Blow, boys, blow ...

3. Dat Logis weer vull Wanzen, de Kombüs weer vull Dreck, ... de Beschüten, de leupen von sülven all weg ... Blow, boys, blow ...

4. Dat Soltfleesch weer gröön, und de Speck weer vull Moden, ... kööm gev dat blots an Wiehnachtsobend ... Blow, boys, blow ...

5. Und wulln wi mol seiln, ick segg dat ja nur, ... denn lööp he dree vörut und veer wedder retur ... Blow, boys, blow ...

6. As dat Schipp, so weer ok de Kaptain, ... de Lüd für dat Schipp weern ok blots schangheit ... Blow, boys, blow ...

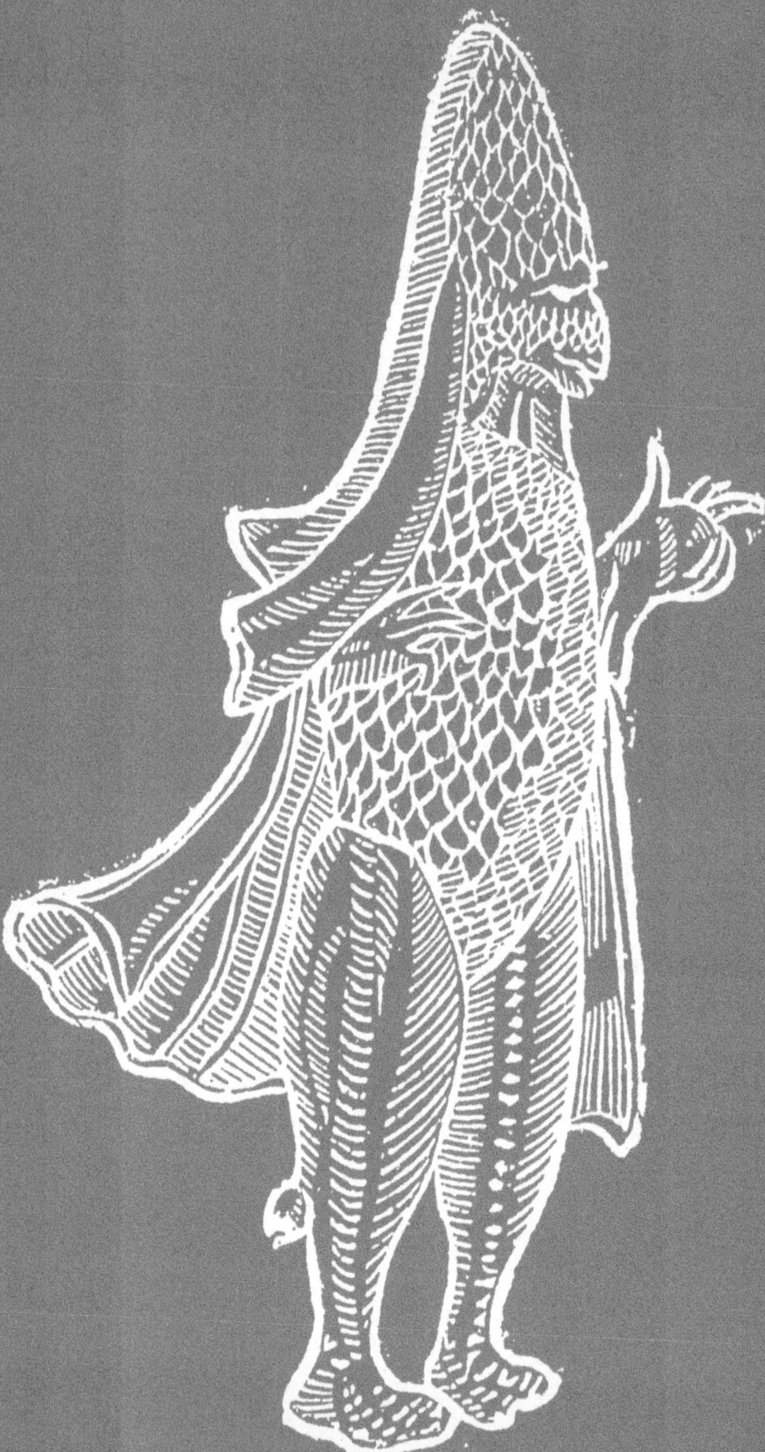

DIE ELEMENTE HANDELN

MANFRED KERN

»Als Kind, Meer, hab ich dich immer
– weißt du – mit Wasserfarben gemalt.«
Raffael Alberti

für Erna

Maasholmer Schattenrisse

Wenn dein Küchenfenster nach Osten hinaus geht und du am Küchentisch sitzt und die Sonne gerade aufgeht und deine Silhouette auf die weiße Fläche des Kühlschranks fällt, kommt dir in den Sinn, Schattenrisse zu machen, wie schon lange, lange nicht mehr ... den Hasen, die Schlange ... und du erinnerst dich nicht, das jemals gemacht zu haben: die Lamellen eines Rollos, das du mit gegeneinander verschobenen gespreizten Fingern schließt und öffnest, schließt und öffnest ...

Ein Kranz

»Wir sind jung und das war schön« von Ernst Jandl wurde mir hier zu »Ich liebe die Ostsee / Er (Sie) hat die Ostsee geliebt« ... Ein Kinderspiel, beide Gedichte zu verflechten, im Hüpfschritt um eine Sandburg herum

Durch diese hohle Gasse (Ein Fall für Nina Ruge)

Auf dem Großparkplatz Bildzeitung lesende Schmerbäuche in Campingstühlen vor ihren Wohnmobilen, und mitten auf dem irdenen Platz ragt ein Mast empor, an dem die Deutschlandfahne flattert für das fahrende Volk. Deutschland oben und Deutschland unten. Wenn wir schon untergehen, dann mit fliegenden Fahnen (aber ach, wie so viel anders als damals, anno 1848, als wir noch jung und voller Tatendrang waren!). Nichts wie ab durch die Mitte! Augen zu und durch! Und immer schön dran denken, dass dahinter das Meer kommt! Alles wird gut!

Gedichtstelle

Ach komm, zieh die Schuhe aus, die Hunde gehen auch barfuß ins Wasser

?

»Einer, der Glück gehabt hat mit sich selbst.«
Ein Epitaph.
Aber für wen?

Hinter Glas

Eine Frau auf der Hausbank, rauchend, hinter der geschlossenen Scheibe darüber ein Mann mit Rotweinglas, dazwischen das verbindende Glied eines üppig blühenden roten Rosenstocks; aber irgendwas fehlt noch; ihr Taubenblick, sein Profil eines Adlers; oder dass beide ins Leere oder Weite schauen; irgendwas fehlt noch. Oder schauen beide den Fotografen (den Maler) an, schauen ihm tief und selbstgewiss in die Augen; oder stolz; jeder für sich, zusammen *so* ein Paar. Aufrecht beide. Ja, so fassen wir sie hinter Glas!

Ein Bild für die Ewigkeit

Ein Mann, ergraut, steht dem außer ein paar Segelbooten in der Ferne leeren Meer gegenüber, an dessen Saum, ganz allein. Minutenlang schraubt er an seinem Fotoapparat herum, bedient die Mechanik, ohne aufzuschauen, ganz Aufmerksamkeit für sein Ding, und ob er sein Bild noch machen wird, ist nicht so entscheidend, nicht für mich, denn ich habe meinen Schnappschuss schon im Kasten. Als Bildlegende steht darunter: »Was soll ich schon anfangen mit dem großen weiten Meer, außer es zu fotografieren.« Und als Bildtitel nehme ich: »Der alte Mann und das Meer.« Für den Wettbewerb in der Heimatzeitung: »Mein schönstes Urlaubsfoto 2009.« Natürlich habe ich mit diesem Bild keine Siegeschance, das weiß ich, auch wenn ich die Legende in eine Sprechblase zwänge. Aber darauf kommt es auch gar nicht an. Das weiß auch der Mann auf dem Foto. Gewinnen tun andere, immer

Krähen im Feld

»Eine Krähe hackt der anderen kein Auge aus.« Stimmt das, sind Künstler keine Krähen.

Das Abendgold

lag auf dem Wasser des Wormshöfter Noors, und als wir mit unseren uralten Rädern, die weder Gangschaltung kannten noch nennenswerte Bremsen, daran vorbeiglitten, dachte ich, die alten Klepper mit ihren breiten bequemen Sätteln und altmodischen, geschwungenen Lenkstangen, die es zuließen, dass man sich zurücklehnte und frei umsah und einen Arm oder auch beide schlenkern ließ, sodass man sich vorkam wie ein kleiner Streuner oder Taugenichts, sind Gold wert

SOS »It's Schiffbruch, Honey!« (Unter Wasser gemorst)

Auf unserer Windjammer herrscht Katzenjammer. Kein Land in Sicht und vor uns der Eisberg. Ich drehe wie verrückt am Steuerrad, doch Ach! und Krach! Und als ich wieder zu mir komme, im Fernrohr ein Fässchen voll Rum, das ganz lustig auf den Wellen schaukelt. Natürlich kann ich als Steuermann nicht schwimmen, doch auf meiner Planke müsste ich hinkommen. Ich rudere den ganzen Tag bis hinein in die tiefste sternenlose Nacht, und wisst ihr was? Ich erreiche das Fässchen vor Weihnachten noch und bin betrunken bis Neujahr! Prost, Matrosen! Ein weiteres Fässchen im Fernrohr, und ich wäre gerettet! Miss Honeybee, so hieß unser Schiff ...«

Stillleben, leicht bewegt

Steine getürmt, darauf ein schwarzer Plastikblumentopf, mit Sand gefüllt, darin eine Möwenfeder, am verlassenen Strand, unter dem grau verhangenen Nachmittagshimmel. Die zitternde Feder

Auf ihren Zehenspitzen tanzen die Windsbräute Reigen

Die Ostseekönigin trägt eine Kette aus Bernstein
Miss Ostsee trägt eine Kette aus bunten Steinchen
Frau Ostsee trägt eine Kette aus Muscheln
Die Ostsee trägt eine Kette aus Flaschenscherben
Die alte Ostsee trägt eine Kette aus Tang

Aus dem Gesangbuch der »Haifischbar«

»Ich brauch keine Fahne vorm Haus,
ich segle jeden Tag mit einer Fahne zur Türe hinaus!«
(Auf einen Hafenpoller gekritzelt)

Modell »Kluge Else«

Neuerdings gibt es einen Sarg mit Schlitz oben drin wie bei einer Sparbüchse. Damit die Trauergäste dem Toten noch etwas Bares mitgeben können zum Abschied. Wohin die Reise auch geht, Geld braucht man immer

Duett

Eine Frau singt entlang der Brandung Arien, ihr Mann geht im Abstand hinter ihr her, und zwar rückwärts

Auf ein Wehwehchen gespuckt

Das »*ich*« in manchen Äußerungen wirkt so klein und spitz wie ein Stich, als käme es auch von diesem Wort, als dessen Verkürzung und Verschärfung. Und man möchte springen und Jod und ein Heftpflaster holen. Nur schnell drauf aufs »*ich*«! Zur Heilung! Und aufs Pflaster schreiben wir noch als »Heile-heile-Gänschen«: »**Ich** bin der König! Der König bin **ich**!« Dann verläuft der Heilungsprozess noch rascher und günstiger. Und morgen schon, wenn der liebe Gott will, ist alles wieder gut

Strandgut

Wenn ich schon irgendwo stranden sollte, dann an der Ostsee. Und gleich am Strand liegen bleiben, in der Sonne, dem Wind, dem Meeresrauschen, dem Möwengeschrei. Und versteinern. Ein Stein werden in einem Meer von Steinen. Auch eine Form der Erlösung

B 199 Flensburg-Kappeln

Und wenn es auch nur der Wind gewesen war, der das Wahlplakat mit dem lachenden Konterfei des Politikers vom Baum gerissen und in der Mitte geknickt hatte, empfand der Politiker, als er mit seiner Limousine daran vorbeifuhr, doch einen seltsamen Schmerz, und mit einem Mal wusste er, dass er die Wahl nicht gewinnen konnte, wie immer sie ausginge

Die letzte Schwalbe

So wie es eine erste Schwalbe im Jahr gibt, gibt es auch eine letzte. Gestern segelte eine noch, wie verirrt, nach etwas suchend, im Hafen herum. Sie flog nicht anders als sonst, aber allein, zurückgelassen von den anderen oder den Abflug verpasst habend in meiner Vorstellung, wirkte ihr Flug orientierungslos. Dann aber wieder auch wirkte er erleichtert. Endlich allein. Jetzt noch das Segeln genießen, ohne die anderen im Blick haben, den eigenen Flug nach dem ihren richten, sich anpassen zu müssen. Den Luftraum für sich, die Kanten der Schiffe anfliegen, die im ersten Herbstlicht tanzenden Mücken alleine verspeisen, endlich den Raum ausloten. Von Ecke zu Spitze den Flug erproben und erforschen in all seinen Möglichkeiten. In neue Gefilde vorstoßen. »In den Zwischenräumen aber nistet das Glück.« Das Spreizen der Flügel entsprechend dem Strecken und Recken des morgendlich Aufstehenden. Ein Tag noch allein. Dann der Abflug. Sei getrost, die anderen fliegen dir nicht davon, die holst du schon ein unterwegs, mit Leichtigkeit

Im Dom zu Schleswig

das alte Elend, aber noch gesteigert: Schilder noch und noch, vom »Fingerchen auf den Mund« über Spendenaufrufe, Berührungsverbote, Wegvorschriften, und was nicht Schrift oder Bild war, war Seil, und am Hinterausgang ein Automat, kraft dessen man sich Erinnerungsmünzen prägen lassen konnte, mit Datum und so weiter. Und diesmal war es so viel des Guten, dass ich mich nicht mehr einschüchtern ließ, sondern fühlte wie an einer Kreuzung, Hände in den Hosentaschen, selbstbewusstes

Stehenbleiben, Gehen, im Verkehr kenne ich mich aus, dem fühle ich mich gewachsen ... Aber: Seid ihr noch zu retten!? Und auf einem Blatt mit der Altarbeschreibung unten großmächtig in Handschrift: »Die Lesehilfe bleibt bitte in der Kirche!« – Ich sah keine mehr

Des Rätsels Lösung

Die Idee für die »Kluge Else« stammt von einem Satiriker, aber die Leute nahmen den Scherz als bare Münze, und der Sarg wurde ein riesiger Erfolg, vor allem bei den kleinen Leuten, und davon gibt es ja Massen. Der Satiriker konnte die Satire an den Nagel hängen, lebt jetzt an der Ostsee und denkt auf seiner Jacht, die Füße auf der Reling, die Arme hinter dem Kopf verschränkt, Blick gegen den Horizont, am liebsten gegen den Sonnenuntergang, immer öfter über Seebestattung nach. Reisen kann er, wohin er will ... Seine Jacht hat er getauft auf den Namen – ratet einmal. – Wer richtig liegt, hat einen Sarg gewonnen (zur Erinnerung: Wir suchen die »Kluge Else«)

Die Leinen los!

Eine Frau kam uns am Strand entgegen, und vor ihr her hüpfte ein grauweißes Hündchen, das auf einmal zwei weiße Segel entfaltete und als fette Möwe aufs Meer hinausflog. Das Hündchen hatte gehinkt

Der Bernsteinkönig

Wir zeigten der Alten stolz unseren gerade aufgelesenen Bernstein. Sonst war weit und breit niemand zu sehen, dem wir den Fund hätten zeigen können, nur deswegen zeigten wir ihn der Alten, die auf einem Stein am Strand saß wie dorthin verpflanzt. Von Weitem hatten wir sie selber als Stein angesehen, der wie eine graue Alte aussieht, aber dann bewegte sie langsam wie eine Schildkröte den Kopf in unsere Richtung. Wie gesagt, wir präsentierten ihr stolz unseren Fund, und sie lachte: Ja, wenn das kein Flaschenscherben wäre, wäre es sicher ein Bernstein. Und sie zeigte uns ihr lückenhaftes Gebiss, das sie, wie wir später vermuteten, der Bernsteinbeißprobe verdanken mochte, von der wir gelesen hatten. Dann erfuhren wir es aus ihrem lockeren Mundwerk: Von alters her geht der Bernsteinkönig jeden Morgen noch vor Sonnenaufgang am Meersaum entlang, um für seine Bernsteinkönigin, die er über alles liebt, den Bernstein aufzuklauben, der bei Nacht angeschwemmt worden ist und den er ihr mit dem Frühstück ans Bett bringt. Sein Gefolge aber muss hinter ihm her und alle Bernsteine, die er womöglich übersehen hat, aufsammeln, was aber im Grunde ein Witz ist, denn noch nie hat der Bernsteinkönig – so groß und unverbrüchlich ist seine Liebe zur Bernsteinkönigin – auch nur einen einzigen Bernstein übersehen, und es handelt sich gleichsam nur um eine Form, seinen Triumph auszukosten und sich die Bewunderung seiner Dienerschaft zu erhalten und diese sich weiterhin untertan zu machen und sich selber zu erhöhen, den Bernsteinkönig auf seinen Thron zu setzen, ihn täglich aufs Neue zu inthronisieren sozusagen. Und auch heute noch müssen seine Diener hinter ihm her. Und offenbar gehörten auch wir zu dieser Spezies. Tag für Tag sehe sie diese endlose Karawane der Diener mit ihren gesenkten Köpfen an sich vorbeiziehen. Ja, sagte die Alte, so ist das. Und ich dachte schon, erwiderte ich, wir wären privat hier. Ja, das denken alle, sagte die Alte und lachte und gab uns unseren Flaschenscherben zurück

Das einsame Gehöft

Im Landesinneren – so empfanden wir es, aber das Meer lag gleich hinter der Anhöhe, doch sahen und hörten wir es noch nicht, glaubten es auch noch viel weiter weg – vor uns ein einsames Gehöft, das, wie sich bald herausstellen sollte, auch gar nicht so einsam dalag – hier und da blitzten später im Weitergehen durch das allgemeine Grün andere Gebäude –, jetzt aber noch einsam wirkte und umso einsamer, als wir rechts, direkt am Weg, in der frisch gemähten Wiese, eine quadratische Paketschachtel liegen sahen, mit dem Boden nach oben, zwei der Verschlussklappen nach außen auf die Erde wie als Fundamente, eine, die auf den Weg zu, mitsamt der dazugehörigen Wand, weggerissen, sodass man den tiefschwarzen Kernschatten der Schachtel sah, und auf dem Boden stand, mit schwarzem Filzstift geschrieben: * 11. 9. 74, darunter: † 12. 9. 94 (das Sterbedatum hatte sich erst vor vier Tagen zum 15. Mal gejährt), und auf der ganzen unteren Hälfte: *Tamara Weiß*, in weicher Mädchen- oder Frauenhandschrift, auch das *W* von *Weiß* ohne Spitzen, weich und rund wie eine gemalte Wolke und mit einem Aufschwung am Ende wie von einem sich in der Luft verlierenden Rauchfaden oder einer Schnur im Aufwind ohne was dran. Kein Mensch weit und breit, bis wir ans Meer kamen

Auf der braunen Wolldecke deiner Großmutter beim grünen Strandhafer unter dem blauen Himmel am blaugrünen Meer

nichts als ein blaues und ein grünes Wollknäuel, mit fünf Nadeln zusammengesteckt, und später dann zum Geklimper der Nadeln das so dezente wie einfühlsame Schlagzeugspiel der Brandung (fast nur mit dem Besen); bloß einmal funkt eine Möwe mit ihrer Kindertröte dazwischen, und beim nächsten Augenaufschlag hältst du schon stolz einen fertigen Strumpf hoch. »Sieh her, was sagst du zu meinem Fang? Frisch aus dem Meer! Willst du ihn haben?« – »Oh ja, in diesen blaugrünen Strümpfen bin ich ein toller Hecht.« Ich liebte dich in diesem Augenblick sehr.

Auf der braunen Wolldecke deiner Großmutter beim grünen Strandhafer unter dem blauen Himmel am blaugrünen Meer

du, wie du, auf der Seite liegend, den Kopf abgestützt, erzählst, dass du noch genau weißt, wo im Zimmer deiner Oma diese Decke immer gelegen hat. Mit vier Jahren, so erinnerst du dich, hat sie dich schon damit zugedeckt, und jetzt – dein Staunen auf einmal – sehe diese Decke das Meer (das deine Oma, die ihr Dorf so gut wie nie verlassen hat, nie gesehen hat). Ich liebte dich in diesem Augenblick sehr

Auf der braunen Wolldecke deiner Großmutter beim grünen Strandhafer unter dem blauen Himmel am blaugrünen Meer du, wie du auf dem Rücken liegst, und auf einmal machst du die Beine breit und sagst, du schaust jetzt ein wenig fern, und schaust zwischen den breit gemachten Beinen hindurch auf das Meer. Ich liebte dich in diesem Augenblick sehr

Auf der braunen Wolldecke deiner Großmutter beim grünen Strandhafer unter dem blauen Himmel am blaugrünen Meer

du, im Elfensitz, wie du mir aus einem Buch, das ich in Eckernförde gekauft habe, das Schicksal Hölderlins näherbringen willst, aus der Zeittafel vorne drin, die sehr ergiebig ist und die du vor mir schon studiert hast. Am Ende kamen mir ein paar Tränen, die ich vor dir versteckte. Aber ein Wort von Ludwig Hohl fiel mir ein, das ich aus dem Stegreif, wie auch jetzt, zitierte: Da sagen sie immer ›der arme Hölderlin‹, und doch ist er einer der wenigen Sieger gewesen. Und der Himmel über dem Meer färbte sich Hölderlinblau. »O Himmel über dem Gestade, heiliges Antlitz, nach dem ich die Wimpern ausstrecke, wachen Aug's, dich zu berühren, Geliebtes.« Und überall im deutschen Hinterland blühten die bitteren Kelche der Herbstzeitlosen für ihn. Aber nicht für uns. Denn du bist schon wieder aufgesprungen und suchst den honigfarbenen Bernstein unten am blaugrünen Meer. Ich folgte dir still mit den Augen. Ich liebte dich in diesem Augenblick sehr

Mein 53. Geburtstag

Der Himmel meinte es gut mit uns, dachte ich, und dachte dabei nur an das Reisewetter. Jetzt aber denke ich an anderes und mehr

Mann mit Sonnenbrille

Einmal so cool und crazy sein wie der da, der da in der Gemäldeausstellung auch vor dem Picasso die Sonnenbrille nicht abnimmt. Einmal nichts kennen. Wie der da

Schleswiger Stillleben

Auf einem roten Kaugummiautomaten, dessen leerer Plastikbehälter mit Zigaretten traktiert wurde, sodass Brandlöcher ein Muster ergeben wie von Schüssen, steht eine leere Schnapsflasche, das heißt, ein letzter Rest der farblosen Flüssigkeit ist noch da drin, und daneben liegt der Kronkorken einer Bierflasche, der ausgefüllt wurde mit einem Fetzen von einer weißen Serviette. Hineingedrückt wurde sie in den Kronkorken mit leichter Gewalt, eine feste Masse bildet sie und zugleich den Sockel eines Denkmals. Für wen?

Schneewittchen

Es war einmal ein Paar, das kam aus einer Gemäldeausstellung in Schloss Gottorf, und die Frau sagte: »Ich war die Schönste da drin.« Ihr mannshoher Seitenspiegel schloss die Augen und nickte

Die Schöne und der Tod

Vom Meerwind abgewandt, auf den Fersen im Sand sitzend, zündete sich die Schöne im windstillen Winkel zwischen ihrer weißen Bluse und ihrem nackten weißen Busen eine Zigarette an. Hinter ihr ging ein braungebrannter alter Mann vorbei, der nur noch Haut und Knochen war, mit roten Schwimmflügeln an den kinderdünnen Ärmchen

Wolken über dem Meer

Gestern ein silbriger Hering am Himmel, heute nur noch die Gräten

H.C. ARTMANN

1. Seine kleidung ist blau, sein vollbart blond, in geschichtenbüchern heißt er »hero«, er ist meist in Cuxhaven oder Brest, Harwich oder Philadelphia geboren, und selbst seine neider müssen eines zugestehen: mit wind und wellen kennt er sich aus.

2. Ein leben lang segelt er auf dem meer und er geht mit seinem schiffe lieber zugrunde, als dass er es verlässt; er hat einen ehernen charakter.

3. Auch russische flottenkapitäne haben ihr bestes geleistet, sie trugen gleichfalls vollbärte und guckten mit blauen augen in den nordischen himmel, oder, wie bei Tsushima, in die chinesische see.

4. Der mond geht auf und unter und an deck pennt die wache, die besatzungen träumen von fernem port, allein der flottenkapitän ist noch auf und blickt versonnen nach der fotografie seiner frau, die lebt in einem weißen haus mit gardinen und grünem efeu.

5. Im kriege wie im frieden tut der flottenkapitän nichts als seine pflicht. Ein erster offizier oder ein zweiter darf wenigstens murren – was aber darf *er*? Chef sein heißt einsam sein, für alles sorge tragen, nächte schlaflos liegen, logbücher verfassen usw. usw.

6. Als ein flottenkapitän zum ersten mal seinen vollbart wegrasieren ließ und bloß einen fashionablen schnurrbart zurückbehielt, gab es einen handfesten skandal, in Pola wars, 89, aber daran denkt heute kein mensch mehr.

7. Der flottenkapitän speist in der kapitänsmesse mit seinen besten offizieren, er darf sie aussuchen, man dankt es ihm durch pflichttreue und ausdauer im dienst, man hält sich wie eine fahne im sturm.

8. Wenn auf hoher see eine windhose entsteht, bedeutet das, dass wieder ein verdienter flottenkapitän seine seemännische laufbahn erfüllt hat. O leget die hand an die mützen, denket nach und seid euch eurer eignen Vergänglichkeit bewusst, sind wir ja doch nur wind und wellen ...

aus: H. C. Artmann, FLEISS UND INDUSTRIE.
 Am 1. Oktober 2015 erscheint eine zweibändige, 1800-seitige Gesamtausgabe von H. C. Artmanns Prosawerken im Residenz Verlag, herausgegeben von Klaus Reichert.

Ich habe noch niemals Schlaf finden können, wenn der Sturm unterwegs war, das wilde Tier, das in der Nacht geschlichen und gesprungen kommt, weil es den freien Blick der Menschen scheut. Auch heute nicht, so spät es auch schon geworden sein mag. Das wilde Tier schnaubt wieder um alle Häuser, braust durch alle Wanten und Taue und heult vor allen Türen. Gestöhn. Gepfiff. Das Hallo des wilden Jägers dazwischen. Gekreisch. Ächzen. Gell schrillt ein tierisch-menschliches Gelächter auf. Die hohen, starken Bäume schwanken wiegend hin und her, als wären es Reethalme. In wilder Hast drängen zerrissene, weiße Wolken über den tiefschwarzen Heben: Wie Schaum aus der See entspritzen sie der westlichen Kimmung. Ich muss untätig bei meiner Lampe wachen. Lesen und Schreiben ist mir zuwider. Nur nichts sehen, nichts hören, nichts sagen, nichts tun – bis die Luft wieder still geworden ist! – Geduckt hocke ich da und starre in das Lampenlicht hinein. Oder zu der ausgestopften Möwe hinauf, die an der Decke hängt. Oder nach der Nordseekarte hinüber, die ich an der Tür festgenagelt habe. Hinaus gucke ich selten.

Die treue Nachtwächterin blakt zittrig auf, wenn der Wind sich erbost auf die Fenster wirft. Und die große, graue Seemöwe, die an einem Bindfaden hängt, schwebt geheimnisvoll im Kreise, durch die Windstöße bewegt, als seien ihr Leben und Schwingenkraft zurückgekehrt. Die Seekarte aber, die

die ganze Nordsee umfasst, von Dünkirchen bis Stavanger und von Cuxhaven bis Peterhead, hängt in gespenstischer Dämmerung.

An hellen Sommertagen, wenn die Strahlen der Sonne darüber hinspielen, kommt es mir vor, als segelten rötliche Segel, als wehten bunte Flaggen, als tanzten glänzende Schiffe.

Heute, in der ungewissen Beleuchtung, ist mir, als glühten überall Augen auf, die Lichter der Feuertürme, der Leuchtschiffe, der dampfenden, segelnden, treibenden Schiffe. Als irrten Notfackeln umher.

Das Gebrüll und Gejaul des Windes hat sich noch verstärkt. Wie mit Bärentatzen schlägt es gegen die Scheiben, wie mit Riesenarmen umklammert es das Haus, um es umzuwerfen.

Die Nordsee vor mir wird lebendig. Wie ein Sternenhimmel breitet sie sich aus: all ihre Sterne rühren sich. Irrlichternd sprühen Feuer auf, wanken, tauchen unter und verlöschen. Wie Kometen wandern die Lichter umher, ruhelos. Wie Sternschnuppen schießen andere vorbei. Rote, gelbe und grüne Lichter. Flackerfeuer der Fackeln. Die Blitzfeuer der Weser, die Blinkfeuer der Elbe!

Ich sehe und höre Dinge, die ich erlebt oder die andere erlebt und mir erzählt haben. Worte vernehme ich, die ich zu anderer Zeit gesprochen oder gedacht habe, Stimmen werden laut, die lange tot waren. Der Sturm, der das Wasser aufwühlt, dass es schäumt und kocht, reißt auch vom Grunde der Seele die Gedanken mir auf. Ruhig, wie Othello vor Cypern, war sie: da kam Jago, der Sturm ...

Da, ... von dem Mast der Seewarte herab leuchtet die große, rote Sturmlaterne, grinst wie ein tückisches Teufelsauge über dem Hamburger Hafen ... Die Hamburger Kirchen aber stemmen sich mit dem Turmrücken gegen den Westwind und richten sich noch höher auf. Spottend rufen sie einander über die Dächer zu, ob das bisschen Wind *Sturm* sein solle. Dann gerät der Sturm in eine unbändige Wut, wälzt sich wie wahnsinnig auf dem Wasser und wirft sich wieder geifernd auf sie. Aber je mehr er tobt, desto höher erheben sie sich und desto mehr spotten sie.

Figur 4.

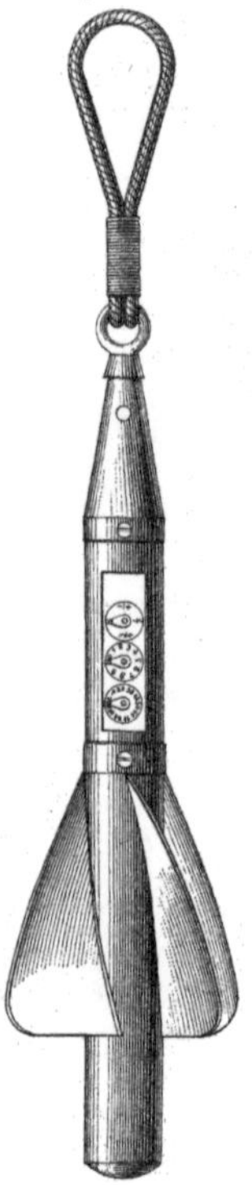

Figur 5.

Da, ... hart hinter der Alten Liebe zu Cuxhaven liegen sie, die hungrigen Wölfe der Elbmündung. Da liegt das Rudel der stärksten Seeschlepper, die Hamburg aufzuweisen hat. Zum Sprung bereit. Alles unter Dampf und Ölzeug. Die glühenden Augen spähen seewärts. Ein Zeichen nur: Notfeuer etwa, Notschuss, der Zuruf eines einklüsenden Fischerfahrzeugs: und die Rotte stürzt langhalsig, fauchend und keuchend in die Nacht hinaus ... Die Leuchttürme aber, die die Bucht bewachen, Helgoland, Norderney, Rotersand, streuen wie Säeleute ihre Lichtkörner mit gewaltig weitreichenden Händen über die See und rufen: »Eh dass du ein Licht auf See auspustest, verlösche uns.« Dann beißt der Sturm vor Wut in das Wasser und spuckt es grimmig aus.

Gewiss, ... die Möwe hatte schon gestern immerfort geschrien: Reffen! Reffen! Reffen! Aber Jan Holm aus Tönning, der mit seiner Eiderjacht auf Bremen steuerte, hatte an Frachten und dergleichen gedacht und sich nicht daran gekehrt. Jetzt ist es so stur, dass die Segel nicht mehr geborgen werden können. Jan Holm ruft seinen Leuten mit furchtbar hoher Stimme Kommandos zu, aber es ist nichts mehr zu machen. Die Windflage schleift die Jacht mit sich und der Großmast geht dabei über Bord. Zum Reffen ist es zu spät ...

Da, ... bei Hirtshals wird es gefährlich. Die gestengte Kuff kann es nicht mehr gut machen. Die Luken sind von der Sturzsee kurz und klein geschlagen und der Raum steht voller Wasser. Pumpen kann bei dem überkommenden Gedüne nicht helfen. Da gibt der alte, graubärtige Schiffer dem Sohn, ohne ein Wort zu sagen, seinen hamburgischen Landbürgereid hin, dass er doch ein Schriftstück aufzuweisen habe, wenn er irgendwo auf Jütland anspülen sollte, und der junge Mensch nimmt es schweigend hin und steckt es in die Binnentasche. Der Alte aber nimmt die andern Papiere an sich. Mehr können sie nicht tun. Geruhig und fest warten sie auf das, was kommen muss ...

Sieh, ... wie die holländische Tjalk rollt. Dennoch klingt fröhliches Lachen aus ihrem Bauch. Die Kinder des Hollandsmannes, auf See geboren, kümmern sich wenig um das Wetter, sie spielen Verstecken. Aus jeder Koje lacht ein Fuchsgesicht ...

Was, ... Hein Saß? Wie kommt es, dass er auf der Austernbank zu treffen ist, der doch auf anderthalb Tage Wolken und Wind weiß und von dem sie sagen, dass er es der See anriechen könne, wenn sie schäumen wolle. Und nun ist er doch mit seinem Ewer draußen? Hat er sich getäuscht? ... Nein, er hat sich nicht getäuscht: er hat auch dieses Wetter kommen sehen – und ich seh noch die lächelnden Gesichter der nachbarlich fischenden Kutter, als Hein gestern mit einem Male seine Kurre einhievte, alle sieben Segel setzte und südostwärts segelte. Sie lachten, denn Wetter und Fang waren gut, aber Hein kehrte sich nicht daran, er steuerte weiter. Ja, – da flaute der Wind ab, dass er mit vollem Zeug kaum noch von der Stelle kroch. Der Heben wurde schmierig, – der Schiffer lief unruhig hin und her. Er sah den Sturm näherkriechen, aber er vermochte ihm dieses Mal nicht auszuweichen. Es blieb totenstill. Die Segeln hingen regungslos. Die Sturmwolke schob sich heran. Wer will die Gedanken von Hein Saß deuten? ... Jetzt treibt er riesenschnell vor Sturmsegeln und muss die Leute in die Koje schicken, denn die Brecher sind Herren des Schiffes ...

Ich sehe es, ... querab von Terschelling kämpft ein Schoner mit Wind und Wasser. Das Schiff ist gut, aber der Hafen ist weit. Schweigsam steht der Kapitän am Steuer. Er hat sich mit einer Kette anbinden müssen, dass er nicht über Bord gewaschen werde. So steht er schon acht Stunden und hat noch kaum ein Wort gesagt. Nur das Auge wandert unruhig über Deck, Segel und See. Der Sturm ist furchtbar. Da macht der Kapitän einen derben Spaß. Der Matrose aber geht zu dem Jungen, der in der Kajüte kauert, und sagt tonlos: »Wi komt nich wedder, Klaus. Nu weet ik dat gewiss ...«

Da ist auch ein Vater mit seinen beiden Söhnen draußen. Drei auf einem Stück Holz. Der Wind war schneller als ihr altes Fahrzeug: nun sind sie dem Sturm preisgegeben. Sie müssen das schwere Wetter bestehen. Da steht einer zum andern wie niemals vorher, der Bruder für den Bruder, der Vater für die Söhne, die

Söhne für den Vater: alle drei aber für die Mutter und für das Haus am Elbdeich, das auf Blankenese guckt und die schöne Nienstedter Kirche in seinen Fenstern spiegelt. Die drei sind im Tiefsten erregt. Sie passen scharf auf und bricht eine See nach der andern platschend, schwer prallend über Steven und Setzbord, dass das Deck überschäumt ist und das Fahrzeug in allen Planken bebt, so lässt keiner den andern aus den Augen. Eine Flammenschrift glüht vor ihren Augen, dass sie wiederkommen müssen, dass sie nicht bleiben dürfen! Immer haben sie sich dagegen gewehrt, sich zu trennen. Auch die Mutter hatte das starke Herz und konnte es ertragen, all ihr Leben und all ihre Freude auf einem Schiff dem Meere preisgegeben zu wissen. Die Nachbarn sagten dem Alten oft: wag nicht zu viel, behalt einen von den Jungen bei dir, den andern lass anderswo fahren. Aber das hatte nicht geholfen ... See auf See wälzt sich heran. Immer höher heben sie die Köpfe. Und die Dünung steht gefährlich. Müdigkeit in Armen und Beinen: fünf Stunden stecken sie schon im Ölzeug und in den großen Seestiefeln.

»Fastholn!« So ruft der Alte jedes Mal, wenn er eine große See heranfegen sieht.

Wenn nur die Masten halten, wenn nur die dreifach gerefften Segel nicht bersten, wenn nur die Luken nicht eingeschlagen werden.

»Fastholn!« Wieder saust ein Berg heran und ergießt sich über das Deck.

»Fastholn!« Kein Licht und kein Feuer wollen sich angeben. Alles ist dunkel.

»Fastholn!« Die Finger verklamen. Es wird immer härter. Das Boot ruckt verdächtig bei den schweren Stößen.

Der älteste Sohn sieht ein, dass der Ewer jeden Augenblick

kopfheister schießen kann. Die drei Reffe in den Segeln tun es nicht mehr. Da ruft und winkt er.

Schiffsrat!

Der Junge will den Draggen und die ganze Kette auswerfen, damit das Fahrzeug Grundfestigkeit gewinne und sich mehr auf der Stelle halte.

»Fastholn!« Der Alte schüttelt den Kopf. Er hat noch nie vor Sturmanker getrieben. Diese neue Mode passt ihm nicht. Er will nicht Anker und Kette einbüßen. So entfährt ihm ein hartes Nein.

Da begibt es sich aber, dass der jüngere Bruder dem älteren beitritt.

»Voder, lot uns dat dohn. Wi komt anners nich mehr trecht!«

»Voder, segg jo!«

»Fastholn!« Der Alte fährt auf. Beide Leute gegen ihn, den Schiffer? Er weigert sich wieder und alles Reden will nichts helfen. »Goht wedder an jon Platz. Hier is dat to gefährlich.«

»Voder, Voder, besinn di. Bedenk de Gelegenheit. Lot uns den Draggen utsmieten!«

»Nee!«

Eine große Woge wuchtet heran. Jeder greift nach Tau und Want.

Der älteste Sohn hebt an:

»Voder, wat du wullt oder ne: ik doht!«

Der Alte zerrt am Südwester.

»Dat schullst du mol dohn un ik wull di wiesen, keen Herr is an Bord, ik oder du!«

Aber des Jungen Entschluss steht fester.

»Dorno geiht nich, Voder! Düsse Nacht nich! *Ik doht för Mudder*! Kumm, Rudl!«

Und die beiden Brüder stampfen durch Gischt und Schaum nach dem Steven.

Der Alte bleibt allein am Ruder und hört durch den brausenden Lärm, wie die schwere Kette durch das Klüsenloch donnert.

Als es Morgen werden will, liegen sie zwischen dem großen und dem kleinen Land: zwischen Helgoland und der Düne. Todmüde werfen sie sich in ihre Kojen und schlafen.

Die *können schlafen*! und ich muss hier im Ofenwinkel wachen! – Ich will meinen Rock anziehen und nach der Elbe hinuntergehen!

ANDREAS HECKMANN

»Auf dass ein besserer Mensch aus dir werde, haben wir dich in der Seekadettenanstalt angemeldet, Tobias. Schnür dein Ränzel und nimm Abschied, schon morgen beginnt deine Ausbildung in Elsfleth an der Unterweser.«

Mit diesen Worten schickte der Tortenbäcker Rudolf Z. (37) seinen gerade sechzehn Jahre alten Stiefsohn aus der Fachwerkidylle der Tauberstadt Rothenburg ins flache Norddeutschland, und tatsächlich ist aus Tobias dort ein Seekadett geworden, wie die Welt noch keinen sah.

Den Ärmelkanal kann er durchtauchen in nur einem Atemzug und mit den Kraken um die Wette schwimmen, singen kann er bei Mondenschein schöner als jede Sirene, und wenn die Eilande vorübergleiten, stiehlt sich bisweilen eine Träne aus seinem Augenwinkel. Auch als Signalmaat und Rudergast ist er gefragt, als Heizer und Schmierölträger, und wenn er auf einem Guanoklipper anheuert und der bei Flaute in seinem Gestank vergeht, muss er Sonnensegel spannen an Deck.

Ja, Tobias ist ein Seemann geworden, ein Seekadett, und wenn ihn das Heimweh packt, spielt er auf seiner Mundharmonika *La Paloma.* Nur alle drei Jahre geht er an Land, schwingt seinen Seesack von Bord, vertrinkt seine Heuer, heuert auf einem anderen Schiff an und macht sich erneut auf den mühseligen Weg nach Kanton, Macao, Schanghai.

Wenn ihn dann Delfine begleiten, wenn der Wal Fontänen steigen und der Hai die Rückenflosse blinken lässt, steht er wie geblendet an der Reling, und ein Wind, der von weither über den Ozean streicht, weht ihm kühlend ins Gesicht. Dann denkt er nichts und ist doch erfüllt. Prallvoll ist er, doch für das, was da spannt in ihm, fehlen ihm die Worte. Aber er hat ja den Wind, und der weht ihm lindernd ins wettergegerbte Gesicht.

So lassen wir ihn stehen, so verlassen wir ihn, unseren Tobias, die Hände um die Reling zu Fäusten geballt.

NUMMER 3048

LUTZ RATHENOW

Robinson trinkt den Kaffee ohne Milch. Bedienstete schleichen mit Frühstück heran, während er schläft und von Freitag träumt. Der kostet extra. Ein Jahr keinen Menschen. Einer löst ihn ab. Dann. Jetzt existieren die Hühner, seine Ziege melkt er per Hand. Im Dickicht die gefährlichen Tiere. Früchte, Einsamkeit. Ein Leben lang schuften, um einmal so zu leben. Wandern. Jagen. Bedenkenlos zugreifen. Geheul aus der Ferne, dreimal pro Tag. Nicht immer pünktlich, es fehlen Leute. Knochen, präparierte Feuerstellen schüren die Furcht vor Kannibalen. Ein Überfall ist garantiert, Robinson baut eifrig an seiner Burg. Manchmal holt er das Boot aus dem Versteck: Whisky, Schokolade locken. Kentern auf eigene Gefahr, nicht jeder leistet sich das gestrandete Schiff. Paar Meter weiter der Nebel. Verschluckt Geräusche. Keine Seele, so weit das Auge blickt. Bei Pannen Preisnachlass.

CLARE WIGFALL
DER LAUTESTE TON UND NICHTS
DEUTSCH VON ANDRÉ JAHN

»Ein hohles Gefäß macht den lautesten Ton.«
Shakespeare, Henry V.

Bei Nacht treibt ein Körper in der See,
überrascht von der Schwärze des Wassers,
die Augen verdreht und kreideweiß.
Ihre blassen Glieder sind von rostigen Ketten umschlungen,
die Hände gequetscht und geschwollen,
wie aufgebläht von übel riechendem Atemwind, ein
Zerren eng an der Haut.
Es ist der lauteste Ton und Nichts.
Langes Haar treibt umher,
verfängt sich zwischen Zähnen.

Als der Himmel durchtränkt war von Nacht, Regen und Wind, verlor Aurelia Wynne-Evans ihren Mann an die See. Sie saß gerade mit dem Baby am Feuer und dachte, dass es anscheinend unmöglich sei, jemals alle Mauerritzen dicht zu kriegen, um den Durchzug aufzuhalten. »Kleines, ist dir kalt? Spürst du den Wind?« Draußen auf See wurde ihr geliebter Mann von den Wellen herumgestoßen, der Overall schwer wie Blei, die Augen glasig. Meerwasser schoss schon den Hals hinab in die Lungen. Im gleichen Moment musste Aurelia nach Luft schnappen und spürte, dass ihr eigenes Leben aus ihren Zehen floss. Die Flecken auf dem Teppich gehen mit keinem Bleichmittel wieder raus. Dahin floss ihr Leben, zuerst rasend, zuletzt mit dem Gurgeln von Spülwasser im Abfluss. Die letzten Tropfen kitzelten fast. Sie hätte gelacht, hätte sie sich nicht so leer gefühlt. Das Baby in ihren Armen bewegte sich zitternd.

Da musste auch Aurelia, ohne es selbst recht zu bemerken, sich rühren und machte dem Jungen mit dem Augenleiden seine Suppe. Seine Augen waren leer, weiß und rund wie die Augen eines Fischs, wenn man ihn aus dem Ofen nimmt. »Was siehst du, mein Kind?« Es legte eine Wange an die ihre, vergrub die Nase zwischen ihren dunklen Haarsträhnen und erspürte die Rundungen ihrer Ohren. In diese flüsterte es seine Geheimnisse, die Visionen und Klänge, die vor den Augen eines blinden Kindes aufsprießen: Nichts, was Aurelia je verstehen würde, nicht sie. Bei der Berührung seiner Lippen musste sie summen wie eine Stimmgabel, die man auf Holz schlägt. Sie hätte heulen können, so schön war das, hätte lächeln können, wäre nicht alles, was Aurelia jemals für ihr Leben gehalten hatte, auf dem Teppichboden verschüttet.

Jemand sah sie an, als sie am Leichnam ihres ertrunkenen Mannes stand, etwas Unnatürliches lag in ihrem Gesicht mit den Augen, die so weit auseinander standen, als wären sie langsam vom Nasenrücken weggedriftet. Die Wangen und die

Stirn bildeten flache Ebenen und das Gesicht sah aus wie aus blassem Stein gehauen, kalt und unberührbar. Es war ein verzerrtes Gesicht, als hätten die Bänder, die Aurelia mit der Vergangenheit verknüpften, ihr Gesicht auf unnatürliche Weise verformt. Diese Bänder waren ineinander verwoben wie eine hoffnungslos verhedderte Angelschnur: Onkel, die sich mit ihren Nichten paaren, Cousins und Cousinen ersten Grades untereinander. All diese Paare halten auf offener Straße Händchen, ohne die Blicke auf sich zu ziehen. Was kann Schlimmes daran sein, wenn er Wildblumen für sie pflückt und sie jeden seiner Finger küsst, bevor sie den Teig fürs Brot knetet?

Alle, die jetzt auf Aurelia blickten, dachten, wie schön dieses Gesicht sei trotz der offenbaren Mangelhaftigkeit des Meißels, der es geformt hatte, wie unwissend schön. Niemand bemerkte, dass hinter diesen weit auseinandergerückten Augen nur Leere war, dass sie zwei ausgestanzte Löcher waren, durch die man bei genauem Hinsehen bis auf die blasse, grüne Wand hinter ihr blicken konnte.

Aurelia starrte – sie konnte nicht anders – auf das Gesicht, das ihr einmal so vertraut gewesen war und zugleich so fremd. Es war seltsam. Sie fragte sich, wie sie das geschafft hatten. Wie sie es fast in der Art eines Bildhauers geschafft hatten, etwas zu formen, das ihm so ähnlich sah. Aus was das bloß gemacht war – Wachs oder Marmor? Sie dachte, wie geschickt die sind. Bis hin zu den reglosen Augenlidern mit den Fältchen, die wie verblasste Narben über jedes Lid verlaufen. Aber sein Haar hatte er niemals so ordentlich getragen, so glatt fast wie die Haut eines Seesäugetiers. Einen Kamm hatte er nie besessen.

Noch immer musste sie ihn anstarren und sich wundern. Lange ruhten ihre Blicke auf den lieb gewordenen Rundungen, die einmal seine Ohren gewesen waren. Sie sah sich sogar gezwungen, einen Finger auszustrecken und ihn über deren ramponiertes Gewebe fahren zu lassen. Ihre Fingerspitzen verzehrten sich einfach danach, die weichen Ohrläppchen zu streicheln, die vom Knabbern kleiner Fische ausgefranst waren wie Spitzenborte. Was sie überhaupt erst davon überzeugte, dass er es war, war dieser Unterschied zwischen dem, wie er früher gewesen war, und dem, wie er jetzt war. Sie glaubte jetzt, dass unter diesem weißen Laken der Körper lag, den sie so oft berührt hatte.

Aber jemand streckte den Arm aus und hielt ihre Hand zurück, sodass sie sich wie ein Kind vorkam, dem man sagt: »Fass das nicht an!« Nicht anfassen dürfen, was einmal fast man selbst gewesen war.

In dieser Nacht zuhause, wo es dunkel war, das Baby schlafend neben ihr, streckte sie die Hände aus und formte eine Gestalt aus Luft und beinahe, ja, beinahe konnte sie den Körper ihres Mannes neben sich spüren. Das machte sie fortan jeden Abend, aber während die dunklen Nächte gleichmäßig verstrichen, verlor sein Körper unmerklich an Gestalt, verflüchtigte sich fast, bis sie eines Nachts im Dunkeln lag, ihre Hand ausstreckte und nur noch ihre eigenen Finger spürte, die ineinander griffen. Er war weg. Das Baby neben ihr bewegte sich und wand sich unter der Bettdecke. Sie nahm es in den Arm und girrte ihm etwas ins Ohr. Es rollte sich zur Form einer Seeohrmuschel zusammen, und sie beruhigte es, bis sein Atem wieder gleichmäßig ging und sie spürte, dass sein Körper im Schlaf erschlaffte.

Aber hier und jetzt stand sie vor dem Leichnam, jemand griff nach ihrer Hand und hielt sie zurück, unterdrückte ihre Instinkte, da spürte sie auf einmal die Kälte und musste zittern. »Komm, Aurelia«, sagte jemand ruhig. Sie sagte nur: »Ja«, während ihr Blick auf dem dünnen Baumwolllaken ruhte, das bis ans Kinn des Leichnams hochgezogen war, »aber vielleicht ist ihm kalt? Haben wir keine Decke für ihn?« Wieder sagte jemand: »Komm, Aurelia«, zog sie sanft am Arm und geleitete sie zur Tür. Langsam schritt Aurelia voran und starrte immer noch vor sich hin, bis sie sich plötzlich dem Griff entzog. Im Zurückgehen nahm sie ihren Umhang ab, um damit seinen Körper zu bedecken, und als sie diesen auch über sein Gesicht legte, sodass der Umhang sich eng an dieses schmiegte, gestattete sie durchaus nicht ohne Absicht ihren Fingerspitzen kurz die beschädigten Ohrläppchen zu streifen. Da spürte sie die sanfte Kühle des Fleisches und ein paar Einkerbungen, die ihr neu waren, Rillen und Furchen, tief unter Wasser geformt von neugierem Fisch.

Draußen merkte sie, wie ihre Beine nachgaben und fühlte sie unter sich wegklappen. Ihre Röcke bauschten auf und sie wusste, wenn sie nicht jemand unter den Armen gefasst hätte, wäre sie mit dem Kopf auf das kalte Pflaster geschlagen. Was für eine Erleichterung wäre das, hier jetzt liegen zu bleiben, die Schwere, der Kollaps, sich dem kalten Grund überlassen. Vielleicht nie wieder aufstehen müssen! Doch stattdessen hatte man sie aufgefangen und auf einen Stuhl gesetzt. Da saß sie nun, umgeben von Stimmen, denen sie nicht zuhörte, und dachte, wie merkwürdig, wie schrecklich, dass einem erst jetzt klar wird, dass man letzten Endes immer allein ist.

Denn fortan konnte ihr nur noch die Unermesslichkeit des Raumes selbst das Gefühl vermitteln, Teil von etwas zu sein, und selbst diese Annehmlichkeit ging vorüber. Mit dem Kind an der Hand stand sie am Klippenrand, seine Beine schlugen gegeneinander, und der Wind lockte ihr Haar unter dem Kopftuch hervor. Die Weite beruhigte sie, die Tatsache, dass man zu den Wolken aufblicken und nichts dahinter erkennen konnte, auf die See schauen und kaum den Horizont ausmachen. Das Kind drückte ihre Hand, um sie wegzuziehen, aber sie blieb stehen, wollte nicht weg. »Was siehst du?«, fragte er sie, wobei seine Worten sich balgten mit dem Wind. »Was siehst du?« Sie antwortete nicht. Die Frage lenkte sie ab. Es störte sie, dass er überhaupt hier war. Seine Nase war kalt, kalt auch die Finger, während der Wind ihm um Schultern und Ohren brauste und drohte, ihn auch noch taub zu machen. Aber er wollte ihr eine Antwort abringen, sie dazu bringen, etwas zu sagen. Er zog sie am Arm und machte einen Schritt nach vorn, – zu auf den für ihn unsichtbaren Klippenrand. Fallend schaffte sie es, ihn mit seinem ganzen Gewicht zurückzuzerren, sodass sie auf die struppige Heide und den Kies purzelten – sie klobig auf ihm drauf, quetschte einen Arm an seinen Körper. »Oh, mein Kleiner, sag mir, was du siehst?«, flehte nun sie, das Kind in ihren Armen wiegend, sein Haar streichelnd, das Gesichtchen mit den fehlerhaften Augen gegen ihren Hals gepresst. Beinahe hätte sie seine Worte überhört. »Ich sehe den lautesten Ton«, flüsterte er an ihr Schlüsselbein geschmiegt, »und Nichts.« Alle Farbe wich aus ihrem Gesicht und lief auf die Heide unter ihnen aus. Sie wusste, er sah alles, was sie je gewollt hatte und nie erkennen würde. Sie packte ihn, stellte ihn wieder auf die Beine und marschierte in einem Tempo drauflos, das zu schnell für seine kleinen Beinchen war. Sie musste ihn hinter sich herziehen wie ein Kind ein Spielzeug an einem Band, viel Geholper und Gezerre.

Es würden ihre Finger sein, an die er sich später erinnern sollte: die Gewandtheit, mit der sie durch die Fäden aus Baumwolle schnellten oder beim Weben, wenn die Spulen wie Murmeln aneinander schlugen. Er konnte diese Bewegungen spüren, ihr Tempo und das Geschick. Er brauchte keine Augen, um diesem Tanz zu folgen. Auch liebte er es, das Muster der Spitzen und deren Intarsien abzutasten. Trotz deren Menge war Aurelias eigene Kleidung stets glatt gesäumt. Ihn zog sie auch so an. Jeden Dienstag und Samstag bürstete sie ihm das Haar und dachte dabei an die ungekämmten Locken seines Vaters. Niemand gab sich die Mühe zu verbergen, dass man sie anstarrte. Er stand hinter dem Verkaufstisch und war sich der Umrisse der sie umgebenden Gebäude durchaus bewusst. Er wusste, wie sich der Klang der Stimmen an ihnen brechen musste und dass die Gebäude den Klang der unterhalb von ihnen gelegenen See dämpften. Auch die kreisenden Möwen darüber hörte er. Währenddessen beschleunigten die weißen Kreise seiner Augen ihre Umlaufbahn um sich selbst, strebten nach oben, nach hinten, zurück in den Schädel. Jeder, der sich über den Verkaufstisch beugte, um ein Stück Spitze näher zu betrachten, stellte fest, dass seine eigenen Augen den seinen folgen wollten, mesmerisiert wurden von deren Bewegung. Aurelia saß zwar gleich daneben und sah sich das Geschehen an, sagte aber nichts. Das Rotieren der Augen ihres kleinen Jungen, bis diese ganz blass waren, und der nächste Verkauf war garantiert. Nachdem er dann das Wechselgeld ertastet hatte, wickelte er das Taschentuch oder die Halskrause in feines Seidenpapier und verschloss das Päckchen mit einem Band. Bei dessen Übergabe fühlte er, wie das Seidenpapier einen Anflug von Verständnis oder Mitgefühl übertrug, während der Kunde nach Worten rang, um Aurelia anzusprechen. Ihre Antwort war immer so farblos wie die Augen ihres Jungen. Diese Augen, über die sie sich beugte, um sie zu küssen, als könne das deren Bewegung Einhalt gebieten, als könnten ihre Lippen ertasten, was auch immer es war, das er sah. Ohne eine Lösung zu finden, faltete sie die Spitzen, das feine Seidenpapier und die Rollen mit den Bändern zusammen, legte sie in den Korb, nahm ihren Sohn bei der Hand und dann gingen sie und tauschten die Münzen vom Morgen gegen Kartoffeln, Karotten und Fischstücke ein, die in braunes Packpapier eingeschlagen wurden. Verlegen fragte sie oft nach einem zusätzlichen Blatt davon, damit ihr Sohn etwas hatte, um darauf herumzukritzeln.

Sobald sie zuhause waren, breitete sie das Papier auf dem Tisch aus, suchte ihm einen Bleistift und schälte Kartoffeln, während sie ihm dabei zusah, wie er das Papier und manchmal auch die Tischplatte an dessen Rändern bekritzelte. Diese Kritzeleien, die ihr vielsagender erschienen als jedes Wort, das sie je gesagt hatte. Die Bewegung seiner Hände bestand dabei aus Schwüngen, Strecken und kleinen Spiralen, und während der Bleistift über das Papier huschte, wiegte und zuckte sein Kopf, als wäre auch dieser an der Erschaffung des Werks beteiligt. Jedes Mal sah sie, dass er noch lieber Musik machen würde, denn seine Bewegungen waren die eines Musikers, der ein Instrument spielt. Manchmal stand sie dann vom Tisch auf, ging ins Schlafzimmer und holte den harten Lederkoffer vom Regal.

Durch den Flur konnte er das Aufschnappen der Verschlüsse und das Knirschen der Scharniere hören. Wäre Aurelias Inneres nicht so leer gewesen, hätte sie beim Anblick des polierten Holzes vielleicht geschluchzt, geweint und geschrien, denn es war die Violine ihres Mannes. Die Stellen am Ende des Klangkörpers, an der sein Kinn den Lack abgescheuert hatte, und die blasse Stelle am Hals des Instruments, welche Schweiß und die Wärme seine Handflächen ausgeblichen hatten, und die am Fuß des Bogens, die vom Druck seiner Finger leicht eingedrückt war; – für sie waren all das Zeichen, allzu physische Spuren seiner selbst. Wie sehr wünschte sie, die vergangene Gegenwart seines Lebens hätte ihren eigenen Körper auf ähnliche Weise gezeichnet. Wünschte, da wäre noch ein schwacher Abdruck seiner Finger auf ihren Brüsten. Wünschte, seine Küsse hätten kleine Narben in ihr Fleisch gebrannt. Sie wollte schreien, denn ihr Körper war makellos, fest und glatt wie Seife. Sie wollte schreien, weil sie nicht weinen konnte, weil einmal vor langer Zeit alles Leben aus ihr hinaus und auf den Teppichboden geflossen war, während ihr geliebter Mann immer tiefer in den Wellen versank und das Meerwasser in seine Venen eindrang.

Im anderen Zimmer hörte ihr Sohn mit seinen Kritzeleien auf. Er saß still da und wartete. Der stärkehaltige Geruch geschälter Kartoffeln ließ seine Nasenflügel ein wenig zittern und seine Ohren horchten auf jede ihrer Bewegungen. Aber jedes Mal schlang Aurelia, die vergessen hatte, wie liebend gern ihr kleiner Junge seinen Klang gehört hätte, das glänzende Instrument wieder in sein Tuch. Dabei waren ihre Bewegungen schnell und methodisch, als ob der bloße Anblick des Instruments sie anwiderte. Der Deckel knirschte beim Zumachen. Klick, Klick, klangen die Verschlüsse, und Aurelia richtete sich auf, legte den Instrumentenkoffer zurück aufs Regal und kümmerte sich wieder um die Kartoffeln.

Einmal, nur ein einziges Mal, ließ sie in ihrer Verzweiflung ihr Kind allein, um die Unermesslichkeit des Raumes selbst zu spüren. Bevor sie ging, stand sie am Fuß des Bettes und sah ihrem Jungen beim Schlafen zu. Er hatte sich eng in die Decken gewickelt, und während trübes Lampenlicht über sein Gesicht flackerte, folgte das Zucken seiner Augenlider dem träumenden Wogen der verlorenen Pupillen darunter. Um ihn nicht zu stören, schloss sie leise die Tür hinter sich und fing an schnell fortzugehen. Hinter einer Hügelkuppe wurde sie frontal von einem fahlen Lichtkegel getroffen, der langsam über ihr Gesicht schwenkte und hinaus auf die See. Am Klippenrand machte sie ihre Leuchte aus und wartete in der Stille darauf, dass dieser Finger aus Licht ihr wieder übers Gesicht strich. Als sie ihren Mantel zum Schutz gegen den Sturm enger um sich zog, sah sie, mit welcher Macht dieser die See unter ihr aufraute, während verirrte Regentropfen ihr ins Gesicht schlugen. Wieder strich der Finger aus Licht langsam über sie hinweg, brachte sie aber nicht dazu, sich nach seinem Ursprung umzuschauen. Hatte er ihn auch gesehen in jener Nacht? Hatte es seine letzten Blicke gefangen, dieses Blinken über den Wellen, bevor die Wellen ihn verschlangen? Und das nur, um ihn zwei Tage später im verendenden Regen wieder auszuspeien, seine Leiche achtlos auf den Strand zu spucken. Aurelia zuhause mit dem Baby, während der Wind durch die Wände pfiff. Ihr Kind! Warum, ihr Kind! Sie keuchte, als hätte sie ihre sieben Sinne wieder beisammen. Wie konnte sie es nur schlafend alleinlassen? Das Haus könnte Feuer fangen. Hatten die Kohlen im Kamin nicht noch geglüht und eine Kerze neben seinem Bett geflackert? Sie drehte sich auf den Absätzen um, rannte los, glaubte schon, den Geruch von Rauch in ihrer Nase zu spüren, glaubte, wenn sie erst auf der Hügelkuppe sei, sähe sie in der Ferne die Flammen.

Während der ganzen Zeit hatte er ruhig und friedlich unter seiner Decke hinter den dicken Mauern geschlafen und gleichmäßig und ungestört wogten die Träume hinter seinen Augenlidern weiter, so sicher wie im innersten Kern einer Mamuschka-Puppe. Aurelia hatte in ihrer Panik ihre Leuchte am Klippenrand vergessen. Aber was sollte sie sich um eine Leuchte kümmern, wenn ihr kleiner Junge in Sicherheit war und schlief? Bei seinem Anblick erinnerte sie sich daran, wie sie es geliebt hatte, ihren Mann im Schlaf zu betrachten. Schlafend wie ein Baby. Zusammengekrümmt unter den gleichen Decken, sein Haupt hatte auf dem gleichen Kissen geruht. Wie schön er gewesen war. Sein Haar war vom Schlaf noch stärker in Unordnung gebracht, der Atem ging gleichmäßig. Ihr Blick ruhte jetzt auf seinen Augenlidern, diesen Augenlidern, die sie liebte, jedes war auf unerklärliche Weise von einer schmalen Linie gekreuzt wie von einer dünnen Narbe. War das von einer erfahrenen Näherin gewirkt worden, die seine Augenlider sorgfältig an der richtigen Stelle zusammengenäht hatte? Die Haut außen herum war blass, mit einem rosa Rand, dann wächsern wie die Unterseite eines kleinen Tieres. Diese Lider waren nur dünne Schilde zum Schutz seiner Träume, die die Geschwindigkeit des Wogens der Pupillen darunter verbargen.

Es gab einmal eine Zeit, in der Aurelia Wynne-Evans glaubte, dass ihr Sohn, blind von Geburt an, nur wüsste, was sie ihm sagte. Bis zu dem Tag, an dem sie beide auf der Heide lagen, an dem sie entdeckte, dass er mehr wusste, als sie jemals wissen würde, sie mit ihren leeren Löchern hinter den Augenlidern. Also kämmte sie sein Haar und schickte ihn zur Schule, und am Ende der Woche kam er in Tränen aufgelöst zurück. Wie können sie es wagen, dachte sie, sich über ihn lustig zu machen, ihn zu ärgern, diese flossenfüßigen Einfaltspinsel. Aber sie wusste, seine Augen waren nur ein Ersatz, eine Fassade, um das wahre Ziel ihres Spotts zu verbergen. Er war nicht das einzige Kind mit einem Augenleiden, nein, das nicht, aber das einzige Kind, dessen Mutter sich manchmal kaum an ihren eigenen Namen erinnern konnte. »Wartet, gleich fällt's mir ein ... Aurelia, ja, so heiße ich«, doch leider hatte sie vergessen, das den Schulkameraden ihres Sohnes auch zu sagen, sondern geschwiegen. Stattdessen hatte sie ihren Jungen bei der Hand genommen und ihn vom Schulhof geführt, während sie im Rücken die grausame Neugierde von Kinderaugen spürte.

Einmal brachte er sogar eine Bibel mit nach Hause. »Was denken die sie sich denn dabei? Sollst du die vielleicht lesen?« Er sagte nichts. Sie legte die Bibel in den Garten, damit das Moos sie überwucherte. Dann fiel ihr ein, dass sie an diesem Morgen vergessen hatte Kartoffeln zu kaufen.

Eines Nachmittags kam er nach Hause und erzählte kichernd eine alberne Geschichte über einen Jungen aus seiner Klasse und Aurelia Wynne-Evans blickte ihren Sohn an und dachte: *Wie konnte ich nur so blind sein?* Wie aus dem Nichts fing sie an zu weinen, Tränen rannen aus dem Gefäß, das sie so lange für leer gehalten hatte. Ihre? Wie konnte das sein? Die Tränen fielen auf die Tischplatte, auf eines der braunen Quadrate mit dem Gekritzel ihres Jungen. Jede einzelne von ihnen machte die braunen Bleistiftstriche ein wenig knittrig. Aus ihrem Weinen wurde Geschluchzte und sie legte ihren Kopf auf den Tisch, legte ihren Kopf auf das vielsagende Gekritzel und verfluchte ihr Schicksal. Ihr Junge war plötzlich ganz still geworden und seine Lippen zitterten vor Verwirrung. Die Augenlider zuckten verängstigt. Er vergrub seinen Kopf in ihrem Schoß und schlang die Arme um ihre Taille. Seine Knie ruhten auf den Dielen. Den Kopf unter die Tischplatte gesteckt, verharrte er im Schutz ihrer Röcke, bis hinter den Fenstern die Nacht heraufzog.

Aurelia Wynne-Evans spürte seinen Kopf in ihrem Schoß liegen und den Druck seiner Finger, spürte im Rhythmus des Weinens auch das Heben und Senken ihres eigenen Körpers und wollte, sie hätte ihn geliebt. Diese Erkenntnis ließ sie wieder ein wenig die Fassung erlangen. Sie nahm seinen Kopf zwischen ihre Hände, hob ihn an und glitt unter ihm hervor. Vorsichtig legte sie seinen Kopf auf dem Stuhl ab, streichelte zärtlich sein Haar und ging durch die Haustür hinaus.

Was war das denn?
Erinnerst du dich an den einarmigen Jungen?
Der die Wale anschrie und die Fische, während seine
Worte sich im Wind verfingen und fort.
Hast du ihn geschlagen? Ihn geschubst? Beleidigt? War es das?
Warst du jemals eifersüchtig, wenn du ihn verspottet hast,
und sahst, dass er nur in die Ferne blickte,
mit seinen dreckigen Fingernägeln?

Und du,
du gingst zurück zu deiner Familie, der Gasherd,
die Hausaufgaben ordentlich unterstrichen und Tee um sechs
Uhr, und du wusstest nicht, wohin er gegangen war.
Schrie er noch immer die Brandung an?

POSEIDON, ERDUMSTÜRMER

Bisher: Auf Geheiß des Zeus entlässt die Nymphe Kalypso ihren Geliebten Odysseus aus siebenjähriger Gefangenschaft. Sie trennen sich im Guten.

Jetzo kam aus dem Lande der Äthiopen Poseidon
Und erblickte fern von der Solymer Bergen Odysseus,
Welcher die Wogen befuhr. Da ergrimmt' er noch stärker im Geiste,
Schüttelte zürnend sein Haupt und sprach in der Tiefe des Herzens:

Himmel, es haben gewiss die Götter sich über Odysseus
Anders entschlossen, da ich die Äthiopen besuchte!
Siehe, da naht er sich schon dem phäakischen Lande, dem großen
Heiligen Ziele der Leiden, die ihm das Schicksal bestimmt hat!
Aber ich meine, er soll mir noch Jammer die Fülle bestehen!

Also sprach er, versammelte Wolken und regte das Meer auf,
Mit dem erhobenen Dreizack; rief jetzt allen Orkanen
Aller Enden zu toben, verhüllt' in dicke Gewölke
Meer und Erde zugleich; und dem düstern Himmel entsank Nacht.
Unter sich stürmten der Ost und der Süd und der sausende Westwind,
Auch der hellfrierende Nord, und wälzte gewaltige Wogen.
Und dem edlen Odysseus erzitterten Herz und Knie;
Tief aufseufzend sprach er zu seiner erhabenen Seele:

Weh mir, ich elender Mann! Was werd' ich noch endlich erleben!
Ach, ich fürchte, die Göttin hat lauter Wahrheit geweissagt,
Die mir im wilden Meere, bevor ich zur Heimat gelangte,
Leiden die Fülle verhieß! Da wird nun alles erfüllet!
Ha! wie fürchterlich Zeus den ganzen Himmel in Wolken
Hüllt und das Meer aufregt! Wie sausen die wütenden Stürme
Aller Enden daher! Nun ist mein Verderben entschieden!
Dreimal selige Griechen und viermal, die ihr in Trojas
Weitem Gefilde sankt, der Atriden Ehre verfechtend!
Wär' ich doch auch gestorben und hätte die traurige Laufbahn
An dem Tage vollendet, als mich, im Getümmel der Troer,
Eherne Lanzen umflogen, um unsern erschlagnen Achilleus!
Dann wär' ich rühmlich bestattet, dann sängen mein Lob die Achaier!
Aber nun ist mein Los, des schmählichen Todes zu sterben!

Also sprach er; da schlug die entsetzliche Woge von oben
Hochherdrohend herab, dass im Wirbel der Floß sich herumriss:
Weithin warf ihn der Schwung des erschütterten Floßes und raubte
Ihm aus den Händen das Steur; und mit einmal stürzte der Mastbaum
Krachend hinab vor der Wut der fürchterlich sausenden Windsbraut.
Weithin flog in die Wogen die Stang' und das flatternde Segel.
Lange blieb er untergetaucht und strebte vergebens,
Unter der ungestüm rollenden Flut sich emporzuschwingen;
Denn ihn beschwerten die Kleider, die ihm Kalypso geschenket.
Endlich strebt' er empor und spie aus dem Munde das bittre
Wasser des Meers, das strömend von seiner Scheitel herabtroff.
Dennoch vergaß er des Floßes auch selbst in der schrecklichen Angst nicht,
Sondern schwung sich ihm nach durch reißende Fluten, ergriff ihn,
Setzte sich wieder hinein und entfloh dem Todesverhängnis.

Hiehin und dorthin trieben den Floß die Ströme des Meeres.
Also treibt im Herbste der Nord die verdorreten Disteln
Durch die Gefilde dahin; sie entfliehn ineinandergeklettet:
Also trieben durchs Meer ihn die Winde bald hiehin, bald dorthin.
Jetzo stürmte der Süd ihn dem Nordsturm hin zum Verfolgen;
Jetzo sandte der Ost ihn dem brausenden Weste zum Spiele.

Aber Leukothea sah ihn, die schöne Tochter des Kadmos,
Ino, einst ein Mädchen mit heller melodischer Stimme,
Nun in den Fluten des Meers der göttlichen Ehre genießend.
Und sie erbarmete sich des umhergeschleuderten Mannes,
Kam wie ein Wasserhuhn empor aus der Tiefe geflogen,
Setzte sich ihm auf den Floß und sprach mit menschlicher Stimme:

Armer, beleidigtest du den Erderschüttrer Poseidon,
Dass er so schrecklich zürnend dir Jammer auf Jammer bereitet?
Doch verderben soll er dich nicht, wie sehr er auch eifre!
Tu nur, was ich dir sage; du scheinst mir nicht unverständig.
Ziehe die Kleider aus und lasse den Floß in dem Sturme
Treiben; spring in die Flut und schwimme mit strebenden Händen
An der Phäaken Land, allwo dir Rettung bestimmt ist.
Da, umhülle die Brust mit diesem heiligen Schleier
Und verachte getrost die drohenden Schrecken des Todes.
Aber sobald du das Ufer mit deinen Händen berührest,
Löse den Schleier ab und wirf ihn ferne vom Ufer
In das finstere Meer, mit abgewendetem Antlitz.

Also sprach die Göttin und gab ihm den heiligen Schleier;
Fuhr dann wieder hinab in die hochaufwallende Woge,
Ähnlich dem Wasserhuhn, und die schwarze Woge verschlang sie.

Und nun sann er umher, der herrliche Dulder Odysseus;
Tief aufseufzend sprach er zu seiner erhabenen Seele:

Weh mir! ich fürchte, mich will der Unsterblichen einer von Neuem
Hintergehn, der mir vom Floße zu steigen gebietet!
Aber noch will ich ihm nicht gehorchen; denn eben erblickt' ich
Ferne von hinnen das Land, wo jene mir Rettung gelobte.
Also will ich es machen, denn dieses scheint mir das Beste!
Weil die Balken noch fest in ihren Banden sich halten,
Bleib' ich hier und erwarte mit duldender Seele mein Schicksal.
Aber wann mir den Floß die Gewalt des Meeres zertrümmert,
Dann will ich schwimmen; ich weiß mir ja doch nicht besser zu raten!

Als er solche Gedanken im zweifelnden Herzen bewegte,
Siehe, da sandte Poseidon, der Erdumstürmer, ein hohes
Steiles schreckliches Wassergebirg'; und es stürzt' auf ihn nieder.
Und wie der stürmende Wind in die trockene Spreu auf der Tenne
Ungestüm fährt und im Wirbel sie hiehin und dorthin zerstreuet;
Also zerstreute die Flut ihm die Balken. Aber Odysseus
Schwung sich auf einen und saß wie auf dem Rosse der Reiter;
Warf die Kleider hinweg, die ihm Kalypso geschenket,
Und umhüllte die Brust mit Inos heiligem Schleier.
Vorwärts sprang er hinab in das Meer, die Hände verbreitet,
Und schwamm eilend dahin. Da sah ihn der starke Poseidon,
Schüttelte zürnend sein Haupt und sprach in der Tiefe des Herzens:

So, durchirre mir jetzo, mit Jammer behäuft, die Gewässer,
Bis du die Menschen erreichst, die Zeus vor allen beseligt!
Aber ich hoffe, du sollst mir dein Leiden nimmer vergessen!

25

26

27

28

29

Also sprach er und trieb die Rosse mit fliegender Mähne,
Bis er gen Aigai kam, zu seiner glänzenden Wohnung.

Aber ein Neues ersann Athene, die Tochter Kronions.
Eilend fesselte sie den Lauf der übrigen Winde,
Dass sie alle verstummten und hin zur Ruhe sich legten;
Und ließ stürmen den Nord und brach vor ihm die Gewässer:
Bis er zu den Phäaken, den ruderliebenden Männern,
Käme, der edle Odysseus, entflohn dem Todesverhängnis.

Schon zween Tage trieb er und zwo entsetzliche Nächte
In dem Getümmel der Wogen und ahnete stets sein Verderben.
Als nun die Morgenröte des dritten Tages emporstieg,
Siehe, da ruhte der Wind; von heiterer Bläue des Himmels
Glänzte die stille See. Und nahe sah er das Ufer,
Als er mit forschendem Blick von der steigenden Welle dahinsah.

So erfreulich den Kindern des lieben Vaters Genesung
Kommt, der lange schon an brennenden Schmerzen der Krankheit
Niederlag und verging, vom feindlichen Dämon gemartert;
Aber ihn heilen nun zu ihrer Freude die Götter:
So erfreulich war ihm der Anblick des Landes und Waldes.
Und er strebte mit Händen und Füßen, das Land zu erreichen.
Aber so weit entfernt, wie die Stimme des Rufenden schallet,
Hört' er ein dumpfes Getöse des Meers, das die Felsen bestürmte.
Graunvoll donnerte dort an dem schroffen Gestade die hohe
Fürchterlich strudelnde Brandung und weithin spritzte der Meer-
schaum.
Keine Buchten empfingen, noch schirmende Reeden, die Schiffe;
Sondern trotzende Felsen und Klippen umstarrten das Ufer.

Und dem edlen Odysseus erzitterten Herz und Knie;
Tief aufseufzend sprach er zu seiner erhabenen Seele:

Weh mir! nachdem mich Zeus dies Land ohn' alles Vermuten
Sehen ließ und ich jetzo die stürmenden Wasser durchkämpfet;
Öffnet sich nirgends ein Weg aus dem dunkelwogenden Meere!
Zackichte Klippen türmen sich hier, umtobt von der Brandung
Brausenden Strudeln, und dort das glatte Felsengestade!
Und das Meer darunter ist tief; man kann es unmöglich
Mit den Füßen ergründen, um watend ans Land sich zu retten!
Wagt' ich durchhin zu gehn, unwiderstehliches Schwunges
Schmetterte mich die rollende Flut an die zackichte Klippe!
Schwimm' ich aber noch weiter herum, abhängiges Ufer
Irgendwo auszuspähn und sichere Busen des Meeres;
Ach, dann fürcht' ich, ergreift der Orkan mich von Neuem und schleudert
Mich Schwerseufzenden weit in das fischdurchwimmelte Weltmeer!
Oder ein Himmlischer reizt auch ein Ungeheuer des Abgrunds
Wider mich auf, aus den Scharen der furchtbaren Amphitrite!
Denn ich weiß es, mir zürnt der gewaltige Küstenerschüttrer!

Als er solche Gedanken im zweifelnden Herzen bewegte,
Warf ihn mit Einmal die rollende Wog' an das schroffe Gestade.
Jetzo wär' ihm geschunden die Haut, die Gebeine zermalmet,
Hätte nicht Pallas Athene zu seiner Seele geredet.
Eilend umfasste der Held mit beiden Händen die Klippe,
Schmiegte sich keuchend an, bis die rollende Woge vorbei war.
Also entging er ihr jetzt. Allein da die Woge zurückkam,
Raffte sie ihn mit Gewalt und schleudert' ihn fern in das Weltmeer.
Also wird der Polyp dem festen Lager entrissen;
Kiesel hängen und Sand an seinen ästigen Gliedern:

Also blieb an dem Fels von den angeklammerten Händen
Abgeschunden die Haut; und die rollende Woge verschlang ihn.
Jetzo wäre der Dulder auch wider sein Schicksal gestorben,
Hätt' ihn nicht Pallas Athene mit schnellem Verstande gerüstet.
Aber er schwung sich empor aus dem Schwalle der schäumenden
Brandung,
Schwamm herum und sah nach dem Land', abhängiges Ufer
Irgendwo auszuspähn und sichere Busen des Meeres.
Jetzo hatt' er nun endlich die Mündung des herrlichen Stromes
Schwimmend erreicht. Hier fand er bequem zum Landen das Ufer,
Niedrig und felsenleer, und vor dem Winde gesichert.
Und er erkannte den strömenden Gott und betet' im Herzen:

Höre mich, Herrscher, wer du auch seist, du Sehnlicherflehter!
Rette mich aus dem Meer vor dem schrecklichen Grimme Poseidons!
Heilig sind ja, auch selbst unsterblichen Göttern, die Menschen,
Welche von Leiden gedrängt um Hilfe flehen! Ich winde
Mich vor deinem Strome, vor deinen Knien, in Jammer!
Herrscher, erbarme dich mein, der deiner Gnade vertrauet!

Also sprach er. Da hemmte der Gott die wallenden Fluten
Und verbreitete Stille vor ihm und rettet' ihn freundlich
An das seichte Gestade. Da ließ er die Knie sinken
Und die nervichten Arme; ihn hatten die Wogen entkräftet:
Alles war ihm geschwollen, ihm floss das salzige Wasser
Häufig aus Nas' und Mund; der Stimme beraubt und des Atems
Sank er in Ohnmacht hin, erstarrt von der schrecklichen Arbeit.
Als er zu atmen begann und sein Geist dem Herzen zurückkam,
Löst' er ab von der Brust den heiligen Schleier der Göttin,
Warf ihn eilend zurück in die salzige Welle des Flusses;

Und ihn führte die Welle den Strom hinunter und Ino
Nahm ihn mit ihren Händen. Nun stieg der Held aus dem Flusse,
Legte sich nieder auf Binsen und küsste die fruchtbare Erde;
Tief aufseufzend sprach er zu seiner erhabenen Seele:

Weh mir Armen, was leid' ich, was werd' ich noch endlich erleben!
Wenn ich die grauliche Nacht an diesem Strome verweilte,
Würde zugleich der starrende Frost und der tauende Nebel
Mich Entkräfteten, noch Ohnmächtigen, gänzlich vertilgen;
Denn kalt wehet der Wind aus dem Strome vor Sonnenaufgang!

Danach: Erzählung der Irrfahrten, Heimkehr nach Ithaka, Massaker an den Freiern Penelopes.

Deutsch von Johann Heinrich Voß.

THE KRAKEN

Below the thunders of the upper deep;
Far far beneath in the abysmal sea,
His ancient, dreamless, uninvaded sleep,
The Kraken sleepeth: faintest sunlights flee
About his shadowy sides: above him swell
Huge sponges of millennial growth and height;
And far away into the sickly light,
From many a wondrous grot and secret cell
Unnumber'd and enormous polypi
Winnow with giant fins the slumbering green.
There hath he lain for ages and will lie
Battening upon huge seaworms in his sleep,
Until the latter fire shall heat the deep;
Then once by men and angels to be seen,
In roaring he shall rise and on the surface die.

ALFRED TENNYSON
DER KRAKE
DEUTSCH VON JOSEPH FELIX ERNST

Jenseits des Donnerschalls lichterer Tiefen,
Fernab – verschlungen vom Abgrund der See,
Sein uralter, traumloser, vollkommener Schlaf.
Es schläft der Krake: Das mutlose Glosen der Sonne
Flieht seinen düsteren Flanken; über ihm schwellen
Gewaltige Schwämme: Millennien von Wuchs und Kraft.
Und weit entfernt in fahles Leuchten hinein,
Aus manch wundersamer Grotte und geheimer Zelle
Zeichnen die Massen enormer Polypen
Mit mächtigen Gliedern ein dämmriges Grün.
Dort lag er seit Äonen, dort wird er liegen
Und zehren von stattlichen Würmern in seinem Schlaf,
Bis das Gleißen des Jüngsten Tages die Tiefe wird sieden;
Dann – dereinst unter der Menschen wie der Engel Blick
wird tosend er sich erheben – und an der Oberfläche vergehen.

Nackt am Rand eines Meeres, durch das Schwert- und Riemenfische schwimmen.

Die Flut hat die Abfälle entlang geordnet. Hinter den Dünen einst Baiae, daran

Ist nicht zu denken, wie an die Pinie von 79, an nichts anderes ist zu denken.

Das Land ist ins Meer hinein erkaltet, das Meer über Kapitelle gestiegen.

Luftspiegelung lässt mich Gesichter sehen, rücklings, der Anblick der

Blauen Fläche ist unveränderlich. Starr von Salz, die Ausblühungen

Sprießen an den Dünen, an Plattenbauten mit Meerblick, Krücken-

Süden. Rauschen Welle und Landstraße, rücklings, unterschiedslos.

Dazu kann noch gesagt werden, wie auch in Cuma die Häuser über die

Theater wachsen, wie Wald aus Waldboden, und in der Stadt die Häuser

Städte in ihren Kellern finden. Wenn das alles nichts als ein pompeianisches
Fresko ist (so ist es), die Menschheit ein Stillstand, den das Vergessen beflügelt.
So höre ich euch von Bädern sprechen und zurück zu Catull kehren und in
Den Augen der Bäume ein Portrait, weiß und warm wie der Marmor
Der meerischen Venus und die Schönheit ihrer Hüften. Ich sehe
Lichtbüschel den Schaum, aus der Zeit geschnitten, entzünden, sanfte
Farben und heftige Bewegungen, Zerfließen in weißen Schlieren, Endet der
Sekundenschlaf, der Horizont hebt sich mit dem Lid und ordnet mich entlang,
(die Pinie kommt bald, die Pinie strandet) am Rand eines Meeres, in dem Menschen

Item es ist ein Walfisch zu Zierikzee in Zeeland mit einer großen Fortuna und Sturmwind an Land gekommen. Der ist viel mehr denn hundert Klafter lang und es lebt niemand in Zeeland, der einen gesehen hat, der ein Drittel von der Länge hätte gehabt; und der Fisch kann nicht vom Land; das Volk sähe gern, dass er weg wäre, denn sie fürchten den großen Gestank; denn er ist so gar groß, dass sie meinen, man könne ihn in einem halben Jahr nicht aufhauen und Öl von ihm sieden.

Wir fuhren für die untergegangenen Flecken, da wir die Spitzen von Dächern bei dem Wasser sahen herausragen. Und fuhren für das Inselchen Wolphaartsdijk und für das Städtelein Kortgene in einer andern noch beiliegenden Insel. Zeeland hat 7 Inseln und zu Arnemuiden, da ich über Nacht lag, ist die größte. Von dann fuhr ich gen Middelburg, da hat in der Abtei Jan Gossaert eine große Tafel gemacht, nicht so gut in der Darstellung der Häupter als in der Farbwahl. Danach fuhr ich zu der Veere, da aus allen Landen die Schiffe anlanden, ist ein fast feines Städtelein. Aber zu Arnemuiden, da ich anfuhr, da geschah mir ein großer Unrat. Da wir am Lande stießen und unser Seil anwarfen, da stieß ein großes Schiff neben uns so kräftig, und man war eben beim Aussteigen, dass ich im Gedränge jedermann vor mir ließ aussteigen, als dass niemand denn ich, Görg Közler, zwei alte Weiber und der Schiffsmann mit einem kleinen Buben im Schiff blieben. Als sich nun das andere Schiff mit uns stieß und ich noch also mit den Genannten auf dem Schiff war und nicht aus konnten weichen, da zerriss das starke Seil und es kam dann ein starker Sturmwind, der trieb unser Schiff mit Gewalt hinter sich; da schrien wir alle um Hilfe, aber niemand wollte sich wagen, da schlug uns der Wind wieder in die See, da rauft sich der Schiffsmann und

schrie, denn seine Knechte waren alle ausgetreten und war das Schiff ungeladen. Da war Angst und Not, denn der Wind war groß und nicht mehr denn 6 Personen im Schiff, da sprach ich zum Schiffsmann, er sollt ein Herz fassen und Hoffnung zu Gott haben, und nachdenkend, was zu tun wäre, sagte er, wenn er das kleine Segel könnte aufziehen, so wollte er noch versuchen, ob er wieder möcht anfahren. Also halfen wir schwerlich aneinander und brachten jenes Ungetakelte halb auf und fuhren wieder an. Und da die am Land sahen, die uns aufgegeben hatten, wie wir uns behalfen, da kamen sie uns zu Hilfe und kamen zu Land. Aber Middelburg ist eine gute Stadt, hat ein überschönes Rathaus mit einem köstlichen Turm, da ist an allen Dingen viel Kunst an, da ist ein überköstlich schönes Gestühl in der Abtei und eine köstliche Emporkirche von Stein und eine hübsche Pfarrkirche; und sonst war die Stadt köstlich zu konterfeien. Zeeland ist hübsch und wunderlich zu sehen, des Wassers halben, denn es ist höher als das Erdreich. Ich habe gekonterfeit meinen Wirt zu Arnemuiden. Meister Hugo und Alexander Imhoff und der Hirschvogel Diener, Friederich, hat mir ein jeglicher eine indianische Unze geschenkt, die sie mit Spiel gewonnen haben. Und der Wirt hat mir der auswachsenden Zwiebel eine geschenkt. Und Montagfrüh fuhren wir zu Schiff wieder aus und fuhren für die Veere und die Zierikzee. Wollt den großen Fisch gesehen haben, da hatte ihn die Fortuna wieder weggeführt.

Aus: Albrecht Dürers Tagebuch seiner Reise in die Niederlande 1520/21.

CHRISTIAN SCHLOYER
EISBÄREN SIND ENGEL

für Peter Horst Neumann

I. kalt schwarz nacht dunkel gleite ich durch wasser bei vier grad wo es am schwersten ist hier unten in versunkenen tiefen & spüre die schuppenhaut tanzender tentakeln die mich beäugen begleiten wie ein kometenschweif ich stoße durch strömung aus flüssigem eis schmecke das salz & atme atme wasser wo es aufhört wasser zu sein & äther ist äther aus geschmolzenen gedanken die sich verstecken versenken in der tiefe der see in der tiefsee zur meditation

II. der himmel der fische + nixen + quallen + haie ist nicht besternt besternt ist er nicht durchzackt durchblitzt + durchwoben von zitterndem lichtspiel ist er & wogen aus licht + glanz + herrlichkeit blau gleißend goldsprühend + silberfunke wie wenn das kind das in den brunnen gefallen bestürzt blickt an das ende des tunnels wo es licht sieht licht & nicht weiß ob es tot ist oder empor blickt ein letztes mal in seliger ruhe denn wasser wird atem für menschen + tiere die des erstickens müde geworden sind

III. so treib ich dahin & habe mich längst gewöhnt an stille + frieden + wal gesang in der ferne + an die nähe der kalten leiber der fische die mich umgarnen umtanzen + ungläubig betrachten mit neun mal neun augen begaffen & freue mich am wellenspiel des himmels freue mich meines lebens + meiner welt hier unten am boden des ozeans die ich schon ewig schon ewig bewohne ich gleite empor

IV. mit dem schwimmen erklimmen neuer höhen spür ich schmerzhaft den verlust der gefährten durchzuckt mich der abschied der neunaugen & spüre + tröste mich schmiegend an quallen + ihre nesselnden fäden die sie hinter sich her ziehen wie bräute kleider + blumen kinder & unbesorgt arglos ihr gift unter die haut in mein fleisch pumpen denn ich von neptun gesegnet erlaube es ihnen gestatte es & schließe freundschaft mit ihnen + ihren quellenden körpern

V. auch sie muss ich verlassen denn es treibt mich treibt mich weiter empor + aufwärts + weiter wo das wasser dünner +leichter & der abfall des drucks meinen schädel aufbläht was mich nicht stören nicht aufhalten kann weil ich weiß mir bewusst wird ich erkenne dass es andere ebenen gibt & ich aus tiefster tiefe komme & die höchsten höhen nicht längst nicht noch immer nicht kenne

VI. der mächtige rauschende himmel rückt näher + näher & blendet verwirrt + betäubt mich + tost kaum mehr erträglich fast nicht mehr fassbar für mich & ich halte inne für einen moment & atme atme + fülle die lunge tief mit einem schluck seichten gewässers das einem hier oben so sehr zu kopf steigt berauscht + schwindelig macht ich durchstoße das himmelsgewölbe

VII. rau heftig + eisig umweht mich ein medium neuer erkenntnis ein bündel voll licht das den himmel den alten durchzogen durchwoben betanzt brennt sich hier oben hart fern in einen neuen zenit in einen grellen einzigen heißen + hellen punkt der so gleißend scheinend + blendend + weit dass er sich jedem erkennenden blick entzieht & ich schwebe + schaukle auf + nieder zwischen zwei himmeln & wunder + frag mich will wissen ob es höher noch höher weiter + näher heran geht näher heran an das licht + die wahrheit die mir so nahe geglaubt ein weiteres mal entschwindet doch kann ich nicht fliegen nur schwimmen & warten

VIII. so nehm' ich die freundliche tatze des bären am rande der scharfglitzernden kante einer scholle aus schimmerndem eis die so weiß ist wie er der auf mich gewartet mich erwartet hat er seine frau + die kinder beäugen mich freundlich aus schwarz engstehenden augen + rot bezackt zahnigen rachen das sind die tänzer der lüfte bewohner der höhen + wolken des einstigen himmels die ich bestaunt + betrachtet so oft am grunde der tiefen + ruhigen see über mir vorüberziehen sah

IX. das sind die engel die tanzen + feiern geduldig + fröhlich gewartet auf mich um mich einzuladen + einzulassen + aufzunehmen & mich das neugierige fleisch zu fressen das da empor aus der tiefe gekommen um wahrheit zu suchen im blendenden licht & längst nicht das ende aller horizonte erreicht + erblickt die noch zu durchqueren + zu durchwandern gewesen wären

•

Petrus Akkordeon – geboren 1971 in Berlin. Arbeiterkind, lebt von Kunst, Poesie und Gartenarbeit. Studium an der UdK Berlin bei F. W. Bernstein. Er liebt Möwen. Er mag auch Butterbrote mit Margarine beschmiert. Und Kirschen. Aber er liebt Möwen und Minka. Zahlreiche Ausstellungen, Performances, Theaterstücke und Buchveröffentlichungen (z.B. bei Corvinus Presse, edition wasser im turm, mückenschwein, Fixpoetry ...).

•

H. C. Artmann – geboren 1921 in Wien-Breitensee. Sprachtalent, Deserteur und Kriegsgefangener. Längere Aufenthalte in Stockholm, Lund, Berlin, Malmö, Bern, Graz. Seit 1947 Verfasser von Gedichten, Theaterstücken, Prosa und Übersetzungen. Er gehört zu den Mitbegründern der *Wiener Gruppe*. Zahlreiche Auszeichnungen, u. a. Georg-Büchner-Preis 1997. Lebte bis zu seinem Tod 2000 vor allem in Wien und Salzburg.

•

Michael Burgholzer – geboren 1963 in Linz. Selbstständiger IT-Dienstleister, vier Kinder, wohnt und arbeitet in Bürmoos. Mehrere Literaturpreise und -förderpreise (zuletzt 1. Preis beim Lyrikwettbewerb des VKSÖ). Zahlreiche Veröffentlichungen von Texten und Fotografien in Anthologien und Literaturzeitschriften.

•

Albrecht Dürer – geboren 1471 in Nürnberg. Lehre zum Goldschmied, danach Ausbildung zum Maler, Kupferstecher und Zeichner. Seine künstlerischen und kunsttheoretischen Arbeiten gehören zu den größten Errungenschaften der abendländischen Kultur. Nähe zum humanistischen Gedankengut. Zwei größere Italienreisen 1494/95 und 1505/07, eine in die Niederlande 1520/21. Erhält mehrere Aufträge von Kaiser Maximilian I. Stirbt 1528 in seiner Geburtsstadt.

Joseph Felix Ernst – geboren 1989 in Burghausen. Studium der Germanistik und Buchwissenschaft an der FAU Erlangen und der Uniwersytet Jagielloński Kraków. Mitherausgeber der *Seitenstechen*. U. a. Preisträger des 19. Open Mike – Berlin 2011 (Prosa). Veröffentlicht Lyrik und Prosa. Zuletzt ein literarisches Manifest: *Wider die Erinnerung. Liebesgruß an Babel*. (S. Fischer | 2014)

Gorch Fock – geboren 1880 auf Finkenwerder. Bürgerlich Johann Wilhelm Kinau. Sohn eines Hochseefischers. Arbeitet nach einer Ausbildung zum Kaufmann als Buchhalter, ab 1906 angestellt bei der Hamburg-Amerika-Linie. Meldet sich 1914 als Kriegsfreiwilliger, dient ab 1916 als Matrose auf dem Kreuzer *Wiesbaden*, mit dem er am 31. Mai 1916 in der Skagerrak-Schlacht sinkt. Ab 1910 bis zu seinem Tod veröffentlicht er mit großem Erfolg Gedichte, Dramen, Erzählungen und Romane, die zum Teil auf Plattdeutsch verfasst sind.

Thomas Glatz – geboren 1970. Studierte Sozialarbeit in Landshut und Bamberg und Bildende Kunst an den Akademien in München und Helsinki. Er leitet das *Archiv für Gebrauchs- und Benutztexte*, beteiligt sich an Ausstellungen, schreibt Hörspiele (u. a. SWR2, Deutschland Radio Berlin und RBB) und Prosa, zuletzt 2015 *Beinaheallgäukatzenkrimi. Ein Miniroman*, erschienen im Black Ink Verlag. Er lebt und arbeitet in München.

Caroline Hartge – geboren 1966. Lebt in Garbsen bei Hannover. Studium der Anglistik, Hispanistik und Geographie. Veröffentlichung von Gedichten seit 1987, u. a. in *Der Neue Conrady* (2000), *Lyrik von Jetzt* (2003), *Jahrbuch der Lyrik* (2009 ff.) und der *ZEIT* (2013). Als letzter Einzelband erschien *Lose Wolken* 2012 im Verlag Peter Engstler.

•

Andreas Heckmann – geboren 1962 in Oldenburg. Studium der Germanistik und Geschichte in Marburg und Freiburg. Lebt in München als literarischer Übersetzer aus dem Englischen, u. a. für die Verlage S. Fischer, Klett-Cotta, Heyne und cbj. Mitredakteur der Zeitschrift *Am Erker*; dort seit 1997 Kurzprosa, Rezensionen, Essays und Autoreninterviews. Literarische Veröffentlichungen auch in *EDIT*, *die horen*, *ndl*, *Signum*, *poet* sowie in *Die Außenseite des Elementes*.

•

Georg Heym – geboren 1887 in Hirschberg in einer Beamtenfamilie. Jurastudium auf Wunsch des Vaters, daneben Autor von Lyrik und Kurzprosa. Gilt als Wegbereiter und früher Vertreter des literarischen Expressionismus. Ertrinkt 1912, als er beim Schlittschuhlaufen versucht, einem im Eis eingebrochenen Freund zu helfen. Die meisten seiner Werke erscheinen posthum.

•

Johannes Hielscher – geboren 1988, wohnhaft in Zirndorf. Am Studieren von Naturwissenschaften in Erlangen. Bücherfreund und Schubladendichter. Vor ein paar Jahren hat der Literaturpreis der Nürnberger Kulturläden ihn mit einer Platzierung bedacht.

•

Homer – lebte vermutlich im 8. oder 7. Jahrhundert v. Chr. und gilt als der Verfasser der *Ilias* und der *Odyssee*. Seine Biographie und überhaupt seine Existenz sind umstritten, weshalb eine Kurzbiographie wie diese eigentlich unsinnig ist. Ob eine Einzelperson oder ein Autorenkollektiv und in welchem Jahrhundert auch immer: Seine bzw. ihre Dichtungen gelten als die Geburt der abendländischen Literaturgeschichte, das ist Konsens.

•

André Jahn – geboren 1973. Studierte Jura, arbeitet als Fürsprecher. Zahlreiche Veröffentlichungen von Kurzprosa,

Lyrik und Übersetzungen in Zeitschriften und Anthologien (zuletzt 2012 *Bluets* von Maggie Nelson in *Krachkultur* Nr. 14). Lebt in Berlin.

●

Mathias Jeschke – geboren 1963 in Lüneburg, lebt mit seiner Familie in Stuttgart. Er ist Lyriker (zuletzt *Der Fisch ist mein Messer* in der edition AZUR, 2014) und Autor von Literatur für Kinder (zuletzt *Was meine Eltern von mir lernen können* bei Hinstorff, 2015). Zudem ist er Herausgeber der *LYRIK-PAPYRI* im Horlemann Verlag.

●

Manfred Kern – geboren 1956 in Rothenburg ob der Tauber. Wuchs auf einem Bauernhof in Wettringen auf. Studium der Architektur (abgebrochen) und Lehre zum Buchhändler. Er veröffentlichte bisher zehn Bücher in Mundart und Schriftdeutsch (zuletzt *Meine Oma. Eine Annäherung* im Wiesenburg Verlag, 2013). 2013 wurde er für sein Werk mit dem Gottlob-Haag-Ehrenring ausgezeichnet. Manfred Kern lebt als freier Schriftsteller in Coburg.

●

Klabund – geboren 1890 in Crossen an der Oder. Bürgerlich *Alfred Henschke*. Leidet ab seinem 16. Lebensjahr an Tuberkulose und verbringt einen Großteil seines Lebens in Sanatorien. Dazwischen Erfolge als Kabarettbühnendichter, Romancier und Dramatiker. Die formale und inhaltliche Freizügigkeit seiner Werke bringen ihn regelmäßig mit dem Gesetz in Konflikt. Klabund stirbt 1928 in Davos. Sein Markenzeichen ist die runde Brille mit dem dicken Rand.

●

Anke Kramer – geboren 1973 in Paris, aufgewachsen in Regensburg, studierte in Tübingen und Aix-en-Provence Germanistik und Romanistik und promovierte in Wien mit einer Arbeit über das Wasser in der Literatur des 19. Jahrhunderts. Sie lebt mit ihrem Mann und ihrer Tochter in Wien, lehrt dort Literaturwissenschaft und schreibt an einem Buch über Elementargeister.

•

Tanja Krautwurst – geboren 1972 an der Lippe, Philosophie-/ Philologiestudium und Redaktionsanleger an Lahn und Spree, seit 2008 gestrandet mit Skipper und Moses an einem Heiligen See an der Havel. Segelt oft mit einer totholzigen Nußschale über das Märkische Meer in der Mark Brandungsburg.

•

Philip Krömer – geboren 1988 in Amberg, Studium der Germanistik in Erlangen. Mitgründer, Verleger und Lektor des homunculus verlags sowie Herausgeber der Literaturzeitschrift *Seitenstechen*. Veröffentlichungen von Kurzprosa und Lyrik in Literaturzeitschriften. Arbeitet an seinem ersten Roman. Ist Vater eines Sohnes. Sein Leben ist Literatur.

•

André Patten – geboren 1984 in Neuss, lebt in Köln und Leipzig. Er ist Mitorganisator der Kölner Lesereihe *Land in Sicht*. Seine literarischen Texte wurden in verschiedenen Zeitschriften und Anthologien veröffentlicht, zuletzt 2015 im *Jahrbuch der Lyrik*. Seit 2014 Zweitstudium am Deutschen Literaturinstitut Leipzig.

•

Edgar Allan Poe – geboren 1809 in Boston. Früh verwaist, Studium an der University of Virginia. Heiratete seine 13-Jährige Cousine Virgiania Clemm. Zahlreiche Veröffentlichungen von Prosa und Lyrik. Er beeinflusste mit seinen literarischen Arbeiten maßgeblich alle Autoren, die nach ihm in den Genres Krimi, Horror und Mystery schrieben. Starb 1849 unter nicht geklärten Umständen, die bis heute ergiebiges Objekt wilder Spekulationen sind.

•

Balthasar Springer – geboren im 15. Jahrhundert im tirolischen Vils. Über seine Person ist wenig bekannt. 1505/06 reiste er als Kaufmann mit einer Handelsflotte bis nach Indien. Seine Tagebuchaufzeichnungen zählen zu den ersten deutschsprachigen Reiseberichten. Er starb um 1510.

•

Lutz Rathenow – geboren 1952 in Jena, lebt in Dresden und Berlin. Lyriker, Kinderbuchautor und Erzähler. Arbeitet als Sächsischer Landesbeauftragter für die Stasi-Unterlagen. Zuletzt erschienen *Einer freut sich immer. Prosa und Lyrik. Ein Lesebuch* im mdv, 2015, und *Der Elefant und das Trampolin. Gedichte zum Größerwerden* im Leiv Leipziger Kinderbuchverlag, 2015.

•

Joachim Ringelnatz – geboren 1883. Bürgerlich *Hans Bötticher.* Künstlersohn aus gutbürgerlichem Haus. Maler, Seemann, Reisender und vor allem Dichter humoristischer und Nonsensgedichte. 1933 belegen ihn die Nationalsozialisten mit einem Auftrittsverbot, welches seine Haupteinnahmequelle, den Vortrag seiner Arbeiten, versiegen lässt. Viele seiner Bücher landen auf dem Scheiterhaufen. Er stirbt 1934 an der Schwindsucht.

•

Tobias Roth – geboren 1985 in München. Studium in Freiburg und Berlin, seit 2013 Wissenschaftlicher Mitarbeiter am SFB 644 Transformationen der Antike. Seit 2011 Herausgeber der *Berliner Renaissancemitteilungen,* seit 2012 im Vorstand der Internationalen Wilhelm-Müller-Gesellschaft. Seine Lyrik, Essays und Erzählprosa wurden mehrfach ausgezeichnet, u. a. dreimal im Essay-Wettbewerb der Goethe-Gesellschaft Weimar, 2013 mit dem Wolfgang-Weyrauch-Förderpreis und 2015 mit dem Bayerischen Kunstförderpreis. Im Verlagshaus J. Frank erschienen 2013 der Gedichtband *Aus Waben* und der Essay *Tradition. Gänge um das Füllhorn.* Lebt in München und Berlin.

•

Lena Rubey – geboren 1986 in Wien, wo sie schreibt, lebt und als Buchhändlerin arbeitet. 2012 Abschluss des Diplomstudiums der Vergleichenden Literaturwissenschaften sowie Studium Kreatives Schreiben und Kulturjournalismus an der

Universität Hildesheim, das sie jedoch nach einigen Wochen abbrach. Teilnahme an Lesungen und Wettbewerben.

●

SAID – geboren 1947 in Teheran. Kommt 1965 als Student nach München. Hier verbinden sich seine literarischen Interessen mit einem politisch-demokratischen Engagement, womit seine Rückkehr in den Iran ausgeschlossen ist. Nach dem Sturz des Schahs 1979 kurzzeitige Rückkehr in den Iran. Seither lebt er wieder im deutschen Exil. Zahlreiche Veröffentlichungen und Auszeichnungen, zuletzt *parlando mit le phung* bei Steidl, 2013, und das Bundesverdienstkreuz 2014.

●

Christian Schloyer – geboren 1976 in Erlangen, studierte Philosophie und Germanistik. Der Mitbegründer von u.a. *Wortwerk* und *LiteraturDing e. V.* lebt heute als freier Lyriker, Kinderbuchautor und Werbetext-Konzepter in Nürnberg. Schloyer erhielt mehrere Auszeichnungen, u. a. gewann er den Open Mike, den Leonce-und-Lena-Preis und erhielt den Bayerischen Kunstförderpreis. Nach *spiel • ur • meere* (KOOKbooks, 2007) ist *panik • blüten* (Poetenladen Verlag, 2012) sein zweiter Gedichtband. www.textverstand.de

●

Jürgen Schwandt – geboren 1936. Mit 16 Jahren als Schiffsjunge zur See gefahren. Über Jungmann, Leichtmatrose und Vollmatrose vor dem Mast zum Erwerb des Patents für die Große Fahrt 1958. Später Wechsel zum Wasserzolldienst und als Kapitän eines Zollkreuzers bis zur Pensionierung gefahren. Er lebt in Hamburg. Seine Kolumne »Hier spricht der Kapitän« erscheint jeden Samstag in der Hamburger Morgenpost. Daneben Lesungen und literarische Veröffentlichungen, zuletzt *Der pokernde Schiffskoch* in *Kombüsengold*, erschienen 2013 im Ankerherz Verlag.

Alfred Tennyson – geboren 1809 in Somersby, Lincolnshire. Nach einem Studium in Cambridge erste Gedichtveröffentlichungen. Seinen Durchbruch erreichte er 1850 mit *In Memoriam.* Er lebte mit seiner Familie zurückgezogen auf der Isle of Wight, wurde 1884 geadelt und starb 1892. Seine Gedichte gelten als Musterbeispiele der angelsächsischen romantischen Literatur.

Peter Wawerzinek – geboren 1954 unter dem Namen Peter Runkel. Er wuchs in verschiedenen Heimen und bei verschiedenen Pflegeeltern in der DDR auf. Seit 1988 freier Schriftsteller, Regisseur und Hörspielautor (zuletzt *Schluckspecht* im Galiani Verlag 2014 und *ICH DYL AN ICH* in der Corvinus Presse, 2014). Ausgezeichnet u. a. mit dem Ingeborg-Bachmann-Preis.

Clare Wigfall – geboren 1976 in Greenwich, England. Lebt nach langjährigen Aufenthalten in London, Berkeley, Prag und Edinburgh zurzeit in Berlin. Ihr erster Erzählband *The Loudest Sound and Nothing* erschien 2007 bei Faber and Faber. Für die Erzählung *The Number* erhielt sie 2006 den landesweiten Preis der BBC für Kurzgeschichten. Derzeit arbeitet sie an einem neuen Erzählband und einem Roman. 2017 ist sie Stipendiatin des Schlosses Solitude bei Stuttgart.

WIR DANKEN HERZLICH UNSEREN CROWDFUNDING-BACKERN:

Alice Beyer
Anne Frenzel
Annett Wiede-Weidner
Akademie für Letalität und Lösungen
Ayna Steigerwald
Big Bad Böß
Christian Meier
Claudia Recknagel
Dirk Niefanger
Sophie & Ernst Reinthaler
Frank Specht
Frederike Uhl
H. Dieter Neumann
Heike Klotzsche
Horst Weirauch
Jan van Schuyler
Jens Rudolph
Julia Landgraf
Kerstin Jacobi
Klaus Ungerer
Manuel Illi
Marion Voigt | www.folio-lektorat.de
Martin Banser
Michael Schorner
Robert Schien
R. Stein
Rudolf Lex
Sabrina Schmidt
Simone Uhl
Steffen Bartels
Susanne Berg
Theresa Uhl
Thorsten Zeller | www.das-reimheim.de
Tilman Gosses
Wolfgang Mach

... und dem Team der Crowdfunding-Plattform *startnext.com* – ohne euch wäre *Seitenstechen #1* nicht möglich gewesen!

VON DER CROWD FINANZIERT ÜBER STARTNEXT

Startnext